D1876730

Die letzte Party

AUSGESONDERT

Olaf Büttner wurde für die Arbeit an diesem Buch durch ein Stipendium des Niedersächsischen Kulturministers gefördert.

Olaf Büttner

geboren 1956, lebt an der Nordsee.
Er studierte Sozialwesen und arbeitet als Sozialpädagoge mit Kindern und Jugendlichen.
Er schreibt Romane, Kurzgeschichten und Drehbücher.
Bei Sauerländer sind *Als könnt ich fliegen, Schlaf, mein Junge, schlaf ein* und *Tod im Hafen* erschienen.
www.olafbuettner.de

Olaf Büttner

Die letzte Party

EIGENTUM DER
EUROPÄISCHEN SCHULE
RHEIN MAIN GMBH
AUSGESONDERT

Sauerländer thriller

(Prolog)

Out of the dark ...
»Langweilig, oder?«
»*Stink*langweilig.«
... into the light ...
Wenn der Sommer zu Ende geht, ist das bei uns immer so. Lukas und ich sind dann die Einzigen, mit denen wir etwas anfangen können. Gegenseitig, meine ich. Wir sind beide sechzehn.
I give up and close my eyes ...
Im Sommer sind ein paar Tausend Touristen auf dem Campingplatz am Meer, darunter natürlich massig Leute in unserem Alter. Dann ist hier immer was los. Das kann man sich vorstellen. Auch jede Menge tolle Mädels und so.
Ich bin bereit, denn es ist Zeit ...
Ohne dieses Kontrastprogramm würde uns die Langeweile vielleicht nicht mal so auffallen. In anderen Dörfern langweilen sie sich ganzjährig und merken es gar nicht. Aber hier brodelt für ein paar Monate das Leben, und wenn die Ferien zu Ende sind, stirbt es. Da kann man sich fast schon freuen, dass auch für uns die Schule wieder losgeht. Natürlich nur fast, denn kein halbwegs klar denkender Mensch freut sich auf die Schule. Aber vormittags kommt man wenigstens unter Leute. Auch wenn die meisten von ihnen nur nerven.
Du bist schon da, ganz nah ...
»Gegen Langeweile lässt sich was machen«, sagt Lukas.
Wir sitzen in seinem Zimmer, Falco singt. Er ist einer von Lukas' Lieblingssängern.
»Und was, bitte schön?«
... lass mich verführ'n, lass mich entführ'n ...

Es sind jedes Jahr dieselben Sprüche, immer die gleichen Spielchen. Wir malen uns aus, was wir alles tun könnten, um die Langeweile in den Griff zu kriegen. Aber natürlich machen wir diese Sachen nie. Was wahrscheinlich daran liegt, dass unsere Phantasien immer ziemlich extrem sind. Vor allem die von Lukas. So Sachen wie den Supermarkt überfallen oder an der Tankstelle den Bulli klauen und zu einer Weltreise aufbrechen, das sind mehr meine kleinen Ideen. Lukas hält sie für Kinderkram.

»Obwohl so was kein Problem wäre«, hat er mal gesagt, als wir zum gemeinsamen Rumspinnen auf dem alten Leuchtturm saßen. »Mein Alter hat seit Neuestem nicht nur eine, sondern zwei Knarren. Und das wirklich Gute daran ist: Er denkt, ich weiß nicht, dass er sie hat. Nicht übel, oder?«

Aber eigentlich ist ihm so was zu wenig *raffiniert.*

»Ich hab's gern etwas komplizierter«, sagt er immer. »Ist doch öde, wenn jeder gleich checkt, was los ist. Oder?«

... zum letzten Mal ergeben deiner Macht ...

»Soll ich?« Herausfordernd starrt Lukas mich an.

»Was sollst du?« Keine Ahnung, worauf er hinauswill.

»Etwas gegen die Langeweile unternehmen?«

Er macht ein Gesicht, als bräuchte ich nur Ja zu sagen und schon würde er loslegen.

»Ja«, sage ich.

»Okay«, sagt er und grinst geheimnisvoll. »Aber beschwer dich nachher nicht bei mir. Du hast es so gewollt.«

Reich mir die Hand, mein Leben – nenn mir den Preis ...

»Na klar hab ich es gewollt«, antworte ich.

So langsam fang ich an, mich auf die Spinnereien zu freuen, die wir auch dieses Jahr wieder unseren Hirnwindungen entlocken werden. Vor allem Lukas ist darin einsame Spitze. Geradezu Weltklasse.

… kein Weg zurück, das weiße Licht kommt näher
Stück für Stück – will mich ergeben …
»Also gut.«
Erst grinst er noch ein bisschen, dann nicht mehr.
Muss ich denn sterben, um zu leben?
Ich weiß nicht, warum ich plötzlich so ein mulmiges Gefühl hab.

(1)

Ab September ist jede Abwechslung fast schon ein Highlight. Auch Kleinigkeiten, die wir im Sommer gar nicht beachten würden.

Schröder, der gleich vorne in der Siedlung wohnt, hat einen Plattfuß an seiner Familienkutsche. Wir beobachten ihn durch Lukas' Fenster. Wir lachen uns halb scheckig, weil Schröder zu blöd ist, einen Reifen zu wechseln. Zuerst kippt ihm in einer Tour der Wagenheber weg und dann kriegt er die Muttern am Rad nicht los. Stinkwütend schmeißt er den Kreuzschlüssel auf den kurz geschorenen Rasen und flucht vor sich hin. Ein Bild für die Götter!

»Ich kann das nicht mehr mit ansehen«, sage ich schließlich und wisch mir die Lachtränen ab. Ich will raus und ihm helfen. Eigentlich ist Schröder ein netter Typ, finde ich. Und mein Vater hat mir erst letzte Woche gezeigt, wie ein Radwechsel funktioniert. Lukas hält mich am Arm zurück.

»Bleib hier.« Er klingt fast sauer. »Ist doch 'ne tolle Show.«

»Ich weiß nicht«, entgegne ich. »Allmählich wird's öde.«

»Das soll der mal schön selbst auf die Reihe kriegen«, meint er. »Schließlich hat er uns früher genug genervt, der Blödmann.«

Daran kann ich mich nicht erinnern. Ein einziges Mal hat er sich bei Lukas' Eltern beschwert, weil der beim Ballwiederholen sein Blumenbeet verwüstet hatte. Ehrlich gesagt, hab ich mich damals auch gewundert, warum so viele Blumen dran hatten glauben müssen. Auf jeden Fall mehr als nötig. Aber das ist Schnee von vorvorgestern.

»Wenn du ihm hilfst, brauchst du gar nicht erst wiederkommen.« Lukas' Stimme klingt plötzlich verändert. Fast drohend.

»Okay, okay«, sage ich, obwohl ich seine Spielchen nicht besonders ernst nehme. Solche plötzlichen Stimmungswechsel gehören zu Lukas' Repertoire. Eine Sekunde noch lachen, die nächste todernst sein. Aber es sind eben nur Spielereien. Es macht ihm Spaß, dass viele Leute nicht wissen, wie sie reagieren sollen. Nur mir kann er da nichts vormachen, ich kenn ihn zu lange. Und zu gut.
Trotzdem resigniert lass ich mich zurückfallen aufs Sofa. Lukas ist nämlich auch ein ziemlicher Dickkopf. Und ich bin schließlich kein Spielverderber. Also lass ich ihm den Spaß mit seinem Nachbarn. Nur bei mir ist irgendwie die Luft raus. Obwohl Schröder vor lauter Wut auf seiner Zufahrt rumspringt wie Rumpelstilzchen und schließlich sogar die Pannenhilfe kommen lässt. Man stelle sich das vor: die Pannenhilfe! Zum Reifenwechsel bei sich zu Hause. Das hat dann doch schon wieder was. Oder etwa nicht?

Manchmal hängt Sara mit uns ab. Nicht immer, aber hin und wieder. Vielleicht steht sie auf Lukas. Auf jeden Fall steht er auf sie. Sie ist ziemlich hübsch, hat langes, fast schwarzes Haar und dunkelbraune Augen. Sie ist fünfzehn. Im Sommer wird sie immer von irgendwelchen Typen vom Campingplatz angegraben. Und das sind nie die hässlichsten.
Sara wohnt ein Dorf weiter ins Land rein, während wir hier direkt am Wasser leben. Ab und zu kommt sie nachmittags mit dem Rad und trifft uns im Bushäuschen, wo sich meistens auch noch ein paar andere aus den umliegenden Dörfern treffen. Fast alles Volltrottel, aber wir haben keine große Auswahl. Lukas, Sara und ich, wir sind die Einzigen aus der gesamten Gegend, die in der Stadt aufs Gymnasium gehen.
»Wir sind die geistige Elite«, sagt Lukas deshalb und grinst dabei nicht mal.

Wir sitzen auf dem Heimweg im Bus. Es ist ein ziemlich warmer Tag Anfang September.
»Du hast 'ne Schramme«, meint Sara. »Geistige Elite! Was soll das denn heißen?«
Ich hab die Bank hinter den beiden ganz für mich allein. Damit ich sie besser verstehen kann, stütz ich die Arme auf ihre Rückenlehne und bring das Gesicht so weit wie möglich nach vorne zwischen die Köpfe der beiden.
»Das soll heißen, dass wir mehr draufhaben als die anderen. Ganz einfach.«
Die Sonne blendet mich, ich muss die Augen zukneifen. Lukas ist klüger: Er trägt eine Sonnenbrille. Sara riecht ganz leicht nach dem Parfum, das sie immer trägt. Wie eine Sommerwiese mit gelben Blumen, ein toller Geruch.
»Du bist vielleicht besser im Sprücheklopfen«, sagt sie. »Aber das war's dann auch.«
»Sag das nicht«, schalte ich mich ein. »Er kann ...« ... *rülpsen wie kein Zweiter,* will ich sagen, beiß mir aber rechtzeitig auf die Zunge.
Es passt nicht, so was vor Sara zu sagen. Erstens ist sie ein Mädchen und zweitens nicht irgendein Mädchen. Denn wenn jemand in der ganzen Gegend mehr draufhat als die anderen, dann sie. Und ich meine nicht nur in der Schule. Irgendwie ist sie rundherum was Besonderes.
»Siehst du«, sagt Sara, »da fällt dir auch nichts ein.«
Lukas wirft mir über die Schulter einen Blick zu, den ich wegen der dunklen Sonnenbrille nicht einordnen kann.
»Ich werd Schauspieler«, sagt er.
»So?«, fragt Sara gelangweilt. »Und warum bist du dann nicht in der Theatergruppe?«
»Weil ich mich mit so einem kleinkarierten Käse nicht abgebe.« Er guckt aus dem Fenster. »Dieser Laienscheiß.«

»Du startest also gleich in Hollywood?« Es klingt, als meine sie die Frage ganz ernst.
»Ihr werdet schon sehen«, zischt Lukas.
Allmählich wird er sauer. Ich kann sein Gesicht nicht erkennen, aber ich hör es an seiner Stimme.
»Theatergruppe!«, schreit er nun fast. »Wenn ich das schon höre! Das ist doch nur was für gelangweilte Tussis und Schwule. Mehr nicht.«
Wo er recht hat, hat er recht: der einzige Junge, der da mitmacht, heißt Malte und ist mit Sicherheit schwul. Nicht, dass ich was gegen Schwule hätte.
»Lukas hat was drauf«, sage ich. »Keine Frage.«
»Danke, du Arsch«, grummelt er. »Auf deine Hilfe kann ich verzichten.«
Ich weiß, dass er es nicht so meint. Er drückt sich manchmal etwas schroff aus. Vor allem, wenn er sauer ist. Und das ist er. Er schäumt fast über vor Wut. Hinterher tut es ihm meistens leid.
»Ach?«, meint Sara. »Und wie willst gerade du beurteilen, ob der was draufhat?«
Auf diese Frage fällt mir so schnell nichts ein.
»Siehst du«, sagt sie genervt. »Er hat nichts drauf, das ist das Problem. Außer dass er in sich selbst verknallt ist vielleicht. Aber das ist ja auch nicht so einfach, zugegeben.«
In diesem Moment schafft Lukas es, den Schalter umzulegen. Seine Wut scheint plötzlich verraucht. Er schiebt die Sonnenbrille ein Stück nach unten und grinst Sara an.
»Da bin ich nun wirklich anderer Meinung«, sagt er. »Ich finde nichts einfacher als das. Mich zu lieben ist eine der leichtesten Übungen.«
»Du hast sie echt nicht alle.« Entschlossen nimmt Sara ihre Tasche und geht ein paar Reihen weiter nach vorne.

Lukas beugt sich rüber, damit er ihr hinterhergucken kann.
»Die Jeans gestern stand dir besser!«, ruft er. »Sie bringt deinen Arsch besser zur Geltung. Viel besser. Die hier ist an den entscheidenden Stellen einen Tick zu weit.«
Manchmal geht er einem wirklich auf die Nerven. Aber er kann auch ganz anders sein. Niemand kennt ihn so gut wie ich. Vom ersten Schultag an waren wir die besten Freunde, ich war damals mit meiner Familie gerade hierhergezogen.
»Sag mal selbst, David«, wendet er sich so laut an mich, dass Sara es noch hören muss. »Hab ich nicht recht? Gestern sah sie hintenrum knackiger aus, oder?« Und leiser fügt er hinzu: »Falls das noch geht.«
Ich guck aus dem Fenster und tu, als ob ich ihn gar nicht gehört hätte. Ich hab weder Lust, auf seinen Schwachsinn einzugehen noch mich mit ihm zu streiten. Aber er lässt nicht locker und setzt sich neben mich.
»Was ist mit dir?«, fragt er. »Neuerdings auch schwul? Vielleicht solltest du in die Theatergruppe gehen? Malte würde sich bestimmt freuen.«
»Wie wär's«, sage ich, »wenn du einfach deine blöde Klappe hältst?«
Irgendwas an meinem Tonfall scheint ihn zu überzeugen, was niemand mehr wundert als mich. Jedenfalls gibt er für den Rest der Fahrt keinen Piep mehr von sich.

Bei uns ist Endstation. Sara, die wie immer eine Haltestelle früher raus ist, hat sich beim Aussteigen nicht mal umgedreht. Auf blöde Sprüche von Lukas reagiert sie bestimmt deshalb besonders empfindlich, weil sie ihn mag. Als sie draußen vorbeiging, haben sich unsere Blicke mehr zufällig durch die Scheibe getroffen. Sie guckte mich ein bisschen länger an als sonst. Vielleicht wollte sie, dass ich noch irgendwas Aus-

gleichendes sage, aber mir fiel nichts ein. Enttäuscht ging sie weiter.
Als Lukas und ich aussteigen, passiert etwas Seltsames. Etwas, das zwischen uns noch nie geschehen ist. Die hundert Meter Weg, die wir vom Bus aus gemeinsam haben, gehen wir nicht zusammen. Gemächlich schlendern wir hintereinander her, als würden wir uns gar nicht kennen. Und als sich unsere Wege trennen, verabreden wir uns nicht für später. Wir tun weiter wie Fremde. Eigentlich will ich die ganze Zeit noch etwas sagen, bekomme aber kein Wort raus. Irgendwie kriegt Lukas es hin, dass die Worte in meinem Mund gefrieren.

Meine Hausaufgaben hau ich ziemlich unkonzentriert hin. Danach trink ich Tee mit Paul und meiner Mutter. Das heißt, Paul trinkt wie immer Kakao. Er ist mein Bruder und erst zehn. Er lebt in einer anderen Welt als ich. Ich mag ihn, aber wir haben nicht viel miteinander zu tun. Meine Mutter ist ganz begeistert, dass ich Tee mit ihr trinke, weil ich das sonst nie mache. Normalerweise ist sie um diese Zeit mit Paul alleine und ich hänge schon bei Lukas rum. Lukas ist Einzelkind und nachmittags immer allein, weil seine Eltern beide arbeiten. Bei ihm sind wir ungestört. Zurzeit sind sie sogar zwei Wochen im Urlaub auf den Kanaren und Lukas ist ganz alleine.
Immer wieder starre ich auf mein Handy, weil ich auf seinen Anruf warte. Aber der kommt nicht.
»Ist Lukas krank?«, fragt meine Mutter und schiebt mir die Kekse hin. Sie ist Grundschullehrerin an unserer kleinen Dorfschule und nachmittags immer zu Hause.
»Warum soll er denn krank sein?«, frage ich genervt zurück. »Er hat irgendwas zu tun.«
Meine Mutter guckt mich so pikiert an, als hätte ich ihr die

gemeinste Lüge aller Zeiten präsentiert. Auch Paul schaut ungläubig aus der Wäsche.
»Was glotzt du denn so blöd?« Es klingt aggressiver als geplant. Plötzlich kann ich nicht mehr sitzen bleiben.
»Ist es vielleicht verboten«, frage ich wütend, »dass ich mal nicht bei Lukas bin? Aber keine Sorge, ich wollte sowieso gerade zu ihm.«
Mein Teebecher ist noch randvoll, ich hab keinen einzigen Schluck getrunken. Im Rücken spüre ich die verdatterten Blicke von Paul und meiner Mutter.

Selbst am Bushäuschen ist kein Mensch. Noch nicht mal einer von diesen blöden Dorftrotteln, geschweige denn Lukas. Ich setz mich trotzdem auf die Bank und warte. Ohne genau zu wissen, auf was oder wen. Ich bin sicher, dass Lukas nicht hier auftauchen wird. Wenn er überhaupt herkommt, dann eigentlich nur mit mir zusammen. Die anderen, die hier sonst rumhängen, sind ihm alle zu blöd. Er benutzt sie höchstens manchmal, um sie hochzunehmen. Und selbst das nur, wenn ihm gar nichts anderes mehr einfällt.
»Richtig Spaß macht das nicht«, sagt er immer. »Ist viel zu einfach. Die merken ja noch nicht mal, wenn man sie verarscht. Selbst dazu sind sie zu doof.«
Die Sonne scheint noch immer, aber irgendwie anders als im Sommer. Mehr gelb als weiß. Die Luft ist warm und feucht. Man wird nass, ohne dass man schwitzt.
Ab und zu schleicht ein Auto vorbei, sonst ist es ruhig. Kein Mensch ist zu sehen, obwohl das Bushäuschen mitten im Ort steht. Und es ist schon halb fünf. Sonst ist hier mehr los um diese Zeit. Ein komischer Nachmittag. Ich will gerade aufstehen, um mal am Strand nachzusehen, als mein Handy klingelt. Es ist Lukas. Er tut, als sei nichts gewesen.

»Komm doch bei mir vorbei«, sagt er. »Hier wird es gleich wieder lustig.«

»Der hat ja schon wieder 'nen Plattfuß.«
Wir sitzen auf der Terrasse vor Lukas' Zimmer. Schröder von nebenan steht vor seinem BMW und starrt fassungslos aufs rechte Vorderrad.
»Tja«, meint Lukas, »dummer Zufall. Aber so was gibt's.« Er grinst. »Ich hol uns Cola. Dann macht die Show mehr Spaß.« Ohne Hast geht er ins Haus und kommt mit zwei eisgekühlten Gläsern zurück.
»Ist doch schön«, sagt er ernst, »Nachbarn zu haben, die für Unterhaltung sorgen. Findest du nicht?«
Er dreht seinen Stuhl in Schröders Richtung und legt die Füße hoch. Als Schröder hilflos herüberschaut, winkt er ihm zu.
»Können wir irgendwie helfen?«, ruft er freundlich.
Er steht auf und tritt so nah wie möglich an die Kante des Grabens, der zwischen den beiden Grundstücken verläuft. Schröder kommt ihm von der anderen Seite entgegen. Er reibt sich das Kinn und sagt irgendetwas, das ich nicht verstehe.
»Vielleicht liegen Scherben auf der Zufahrt?« Lukas hört sich besorgt an. Schröder schüttelt den Kopf, aber Lukas springt über den Graben und fängt an, nach imaginären Scherben zu suchen.
Schröder holt ein Telefon aus dem Haus. Lukas, der nichts gefunden hat, sagt etwas zu ihm. Schröder lässt die Hand mit dem Telefon sinken und schaut zweifelnd zu mir herüber.
»David!«, ruft Lukas. »Komm doch mal. Herr Schröder braucht unsere Hilfe. Ihm ist da was echt Blödes passiert. Irgendjemand hat ihm den Reifen zerstochen! Er sagt, es wäre nicht das erste Mal.«

(2)

Schröders Reifen wurde tatsächlich mit einem Messer zerstochen. Nachdem ich das Rad gewechselt habe, lädt er uns auf eine Cola ein. Aber irgendwie hab ich ein saublödes Gefühl und will nicht.

»Ist doch nicht nötig, Herr Schröder«, sagt auch Lukas. »Wirklich nicht!«

Beim Reifenwechsel hat er natürlich keinen Finger krumm gemacht, sondern alles schön mir überlassen. Schröder lotst uns auf seine Terrasse.

»Setzt euch«, beharrt er und verschwindet im Haus.

Lukas guckt mich an und grinst. Ein Grinsen, das ich nicht deuten kann. Wir sagen beide nichts. In den hohen Pappeln am Gartenrand trällern ein paar Vögel. Schröder kommt zurück, in der Hand eine Flasche Wasser.

»Tut mir leid«, sagt er unsicher. »Aber ich hab nur das hier.«

Ich nutze die Gelegenheit, schnell aufzustehen.

»Das macht gar nichts«, sage ich. »Ich hab eh keinen Durst. Und Cola haben wir gerade schon …«

»Macht wirklich nichts.« Auch Lukas kommt sofort hoch. »Wir haben Ihnen doch gern geholfen.«

»Wartet.« Schröder stellt die Flasche auf den Tisch und zückt seine Brieftasche. Als er es nicht sehen kann, grinst Lukas mich an, als habe er nur darauf gewartet. Das wundert mich, denn wenn er eins genug hat, dann Geld. Seine Eltern zahlen gut dafür, dass sie sich schon seit zehn Jahren kaum um ihn kümmern. Ich will gehen.

»Das muss wirklich nicht sein«, sage ich.

Ich spring über den Graben zurück. Hinter mir höre ich, wie Lukas weiter Schröders Geld ablehnt.

»Lass uns zur Haltestelle gehen«, sagt er, als er dann doch nachkommt.

Im Bushäuschen sind nur Kevin und Danny, jeder mit einer Pulle Bier am Hals. Sie sitzen nebeneinander auf der Bank wie Hühner auf der Stange.
»Na, ihr Saufnasen«, sage ich.
Lukas sagt nichts. Wir bleiben auf unseren Rädern sitzen.
»Na und«, entgegnet Danny und trinkt in einem Zug den Rest aus seiner Flasche.
Lukas und ich trinken nie Alkohol. Das ist eins unserer eisernen Prinzipien.
»Die beste Droge«, zitiert Lukas seinen Lieblingsspruch, »ist ein klarer Kopf.«
»Schlauscheißer.« Kevin spuckt ihm das Wort regelrecht vor die Füße.
Die beiden können sich nicht riechen. Sie sind die gegensätzlichsten Typen, die man sich vorstellen kann. Ihre einzige Gemeinsamkeit ist, dass sie bei den Mädchen ganz gut ankommen. Wenn auch nicht unbedingt bei denselben.
Kevin trinkt und raucht. Er mag Prügeleien und geht auf die Gesamtschule. Lukas verachtet all das. Er benutzt Rasierwasser, während Kevin sich, zusammengerechnet, in seinem Leben bisher höchstens zweimal rasiert hat und deshalb einen blonden, löcherigen Flaum im Gesicht trägt. Seine weißgelb gefärbten Haare stehen unsortiert vom Kopf ab.
Lukas geht mindestens alle sechs Wochen zum Friseur. Oder besser gesagt: zur Friseurin, immer zur selben. Er hofft darauf, dass sie irgendwann mit ihm Kaffee trinken geht.
»Ihr Dekolleté versprüht einen Duft«, schwärmt er. »Ganz unglaublich!«
Obwohl sie fünf Jahre älter ist als er und fast verheiratet. Auf

keinen Fall hat er eine Chance bei ihr, aber Lukas glaubt an solche Sachen.

Trotz allem kann man nicht behaupten, dass er *übermäßig* geschniegelt aussieht oder so was. Nur gerade so, wie es die hübschesten Mädels mögen. Solche wie Sara eben.

Lukas verachtet Kevin. Nicht nur, weil er raucht und trinkt und fast immer dreckige Fingernägel hat, sondern vor allem, weil er ihm kein ebenbürtiger Gegner ist. Das hat er erst vor ein paar Tagen wörtlich zu mir gesagt.

»Du bist mein Freund«, meinte er. »Deswegen bist du mir wichtig. Aber genauso wichtig wie ein guter Freund ist ein guter Feind.«

Zuerst hab ich ihn nicht verstanden. Und ich hab gedacht, er versteht sich selbst nicht. Aber da hab ich mich wohl geschnitten.

»Kevin«, fuhr er fort, »wäre der ideale Feind für mich. Er hasst mich und ich hasse ihn. Wir sind ungefähr so verschieden wie Erdbewohner und Marsmenschen.«

Ich hatte keine Ahnung, wo dann das Problem war. Abgesehen davon, dass ich es sowieso nicht gut fand, einen Feind zu haben, aber das war eine andere Frage.

Lukas versuchte eine Erklärung: »Wenn zum Beispiel die USA einem Land wie Liechtenstein den Krieg erklären würden«, fragte er trocken, »was wäre das?«

»Völlig unfair«, sagte ich.

»Richtig. Und was noch?«

Langsam wurde er ungeduldig, aber mir fiel nichts mehr ein.

»Es wäre lächerlich«, meinte er genervt. »Lächerlich und langweilig. Die Überlegenheit wäre viel zu groß. Und genau so ist es bei mir und Kevin. Was eigentlich schade ist. Mit einem halben Kilo mehr Grips wäre er der ideale beste Feind für mich.«

»Übertreibst du nicht ein bisschen?«, fragte ich.
Urplötzlich veränderte sich Lukas' Gesichtsausdruck, aber diesmal war es kaum gewollt. Ich verstand nicht, warum, aber innerhalb einer halben Sekunde lief er knallrot an.
»Irgendwann«, zischte er schließlich wütend, »beweis ich es dir. Verlass dich drauf. Er ist ein Idiot und meiner nicht würdig. Vor allem nicht als Feind.«

Ich hatte diese Szene ganz vergessen, aber jetzt plötzlich fällt sie mir wieder ein. Irgendwas in Lukas' Blick lässt mich daran denken. Etwas in der Art, wie er Kevin von oben bis unten abschätzend betrachtet. Hinter seiner Stirn arbeitet es.
»Wie wär's?«, fragt er schließlich. »Wollt ihr mal wieder so richtig abfeiern?«
Verständnislos schauen Danny und Kevin ihn an. Auch ich kann nicht gerade behaupten, im Bilde zu sein. Kevin berappelt sich als Erster.
»Sag bloß, du gibst 'ne Party?«, fragt er gelangweilt. »Du glaubst doch nicht im Ernst, dass ich komme.«
»Keine Sorge«, meint Lukas. »Natürlich wärst du der Letzte, den ich einladen würde. Ist doch Ehrensache.« Er grinst kaum merklich und holt etwas aus seiner Hemdtasche. Es ist ein zusammengefalteter Geldschein, den er nun ganz langsam auseinanderklappt. Sofort ist mir klar, dass er den von Schröder bekommen hat.
»Arschloch«, entfährt es mir leise.
»Tut mir leid«, sagt er nebenbei zu mir. »Aber er war einfach nicht davon abzubringen. Und wie du siehst, bin ich so edel, ihn weiterzugeben.« Zu Kevin und Danny: »Den könnt ihr haben, wenn ihr wollt.«
»Spinnt der jetzt total, dein toller Freund?«, fragt Kevin mich. »Wieso will er uns zwanzig Euro schenken?«

»Wer redet denn von schenken?«, meint Lukas. »Verdienen ist angesagt.«
»Komm«, sagt Kevin zu Danny. »Wir ziehen ab. Hier stinkt's mir zu sehr nach komplettem Schwachsinn.«
Er steht auf, aber Danny kommt nur sehr langsam hoch.
»Was ...«, er kratzt sich am Kopf, ohne jemand anzugucken, »... äh, was müsste man denn dafür tun?« In seinen mausgrauen Augen funkeln praktisch schon die vielen Bierflaschen, die er sich von dem Geld kaufen könnte. Es ist allgemein bekannt, dass er und Kevin an chronischen Finanzproblemen leiden.
»Nichts Schwieriges«, sagt Lukas. »Eigentlich fast gar nichts.« Dann schweigt er wieder. Er faltet den Schein zusammen und schiebt ihn zurück in seine Hemdtasche, als hätte er es sich soeben anders überlegt. Danny wird nervös. Auch Kevins Entschlossenheit wackelt bedenklich, aber er tut doch weiter so, als wolle er gehen.
»Na, was denn nun?!«, platzt es schließlich aus ihm heraus.
Genau hierauf hat Lukas gewartet. Seine Blicke, gerade noch völlig unbeteiligt, fahren jetzt wie Dolche in Kevins Augen.
»Nanu. Ich dachte, du willst abzischen?«
Kevin dreht sich um wie ein ertapptes Kind.
»Will ich auch.«
»Warte!«
Das klingt wie ein Befehl. Und tatsächlich bleibt Kevin stehen. Lukas schwimmt auf einer unsichtbaren Welle des Triumphes. Zwei oder drei Sekunden lang kostet er es aus und tut erst dann so, als wolle er mit der Sprache herausrücken. Dann fragt er stattdessen: »Ihr wisst doch sicher, was *Rotation* bedeutet? Oder hattet ihr das noch nicht in eurer tollen Schule?«
»Komm«, sagt Kevin zu Danny, »der will uns verarschen.«

»Nun warte schon.« Danny ist bereits an einem Punkt angelangt, an dem er nicht mehr zur Umkehr bereit ist. Er will das Geld, alles andere ist ihm egal.
Lukas wirft mir einen Blick zu, als wolle er mich fragen: *Passt du auch gut auf?* Unwillkürlich muss ich wieder an die Sache mit den USA und Liechtenstein denken.
»Rotation ist das beim Fußball«, sagt Danny unsicher. »Wenn nicht jedes Mal die gleichen Spieler eingesetzt werden, sondern immer andere. Oder so ähnlich.«
»Bravo!« Höhnisch klatscht Lukas in die Hände. »Damit hast du das Geld schon fast in der Tasche. Sagen wir, zu einem Viertel.«
Er wirft einen Blick in seine Hemdtasche, als wolle er sich überzeugen, dass das Geld noch da ist. Ein Bus fährt vor, quietschend und zischend öffnen sich die Türen.
»Rotation«, doziert Lukas unbeeindruckt, »bedeutet wörtlich *Drehung.*«
Als niemand ein- oder aussteigt, schließen die Türen sich wieder. Der Bus fährt ab. Eine Wolke verbrannten Diesels zieht durch das Wartehäuschen, man kann kaum atmen. Kevin tritt an die Straße, zum Zeichen, dass Lukas' Gerede ihn nun endgültig nicht mehr interessiert. Er zieht ein Päckchen Tabak aus der Tasche und fängt an, sich eine Zigarette zu kurbeln.
»Wie bei einem Karussell, das sich im Kreis dreht«, fährt Lukas unbeirrt fort. Er redet mehr mit Kevins abgewandtem Rücken als weiter mit Danny, obwohl der förmlich an seinen Lippen klebt. Aber Danny interessiert ihn nicht, denn er kommt als ernst zu nehmender Feind natürlich noch viel weniger in Frage als Kevin.
»Und genau wie ein Karussell oder wie du weißt …«, herablassend wendet er sich nun doch kurz an Danny, »… auf dem Fußballplatz, so können sich auch die Ereignisse im Kreis dre-

hen. Ursache, Wirkung, Ursache, Wirkung und so weiter. Alles geht vom einen zum anderen, immer weiter, und dann irgendwann schließt sich der Kreis. Versteht ihr?«
»Hör auf zu blubbern«, fordert Danny. »Spuck endlich aus, was du willst.«
Lukas atmet einmal kräftig durch.
»Du hast recht, mein Freund.« Wohlwollend legt er eine Hand auf Dannys Schulter. »Über diese Hintergründe müsst ihr eigentlich auch nichts wissen. Geht einfach zu Schröder, stellt euch vor sein Auto, bückt euch runter und lasst ihm die Luft aus einem Reifen. Ganz einfach also, selbst für euch.«
Ich glaube nicht, dass er das ernst meint, lausche aber gebannt weiter.
»Welcher Schröder?«, fragt Danny.
Kevin zündet seine Zigarette an und dreht sich zu uns. Lukas scheint völlig entnervt.
»Erklär du es ihm, Kevin. Er weiß nicht, wer Schröder ist …«
Tatsächlich geht Kevin ihm auf den Leim. Der Qualm aus seiner Zigarette riecht ein bisschen nach angebrannter Wolle.
»Schröder ist der Typ, der neben ihm wohnt«, sagt er, womit auch er zurück ist im Spiel.
»Ach der«, antwortet Danny flach. »Aber wieso sollen wir dem die Luft aus den Reifen lassen? Der hat uns doch gar nichts getan. – Oder?«
»Das ist auch nicht der Grund«, erklärt Lukas geduldig, »aus dem ihr es machen sollt. Ihr sollt es machen, weil ihr das Geld haben wollt. Das ist alles.« Er holt die zwanzig Euro aus der Tasche und hält sie Danny unter die Nase. »Exakt diesen Schein wollt ihr haben. Und ihr werdet ihn kriegen.«
Mit unverhohlenem Triumph sieht er mich an. Wie in Zeitlupe reißt er den Schein in der Mitte durch.
»Hey! Spinnst du oder was?!« Danny kriegt den Mund nicht

wieder zu. Kevin steht kurz davor, Lukas an die Gurgel zu springen.
»Ganz ruhig bleiben«, grinst Lukas. »Hier, die eine Hälfte jetzt ...«, er reicht sie Kevin, es ist ihm wichtig, dass der sie nimmt und nicht Danny, »... und die andere, wenn der Auftrag ausgeführt ist. Klar?«
Wütend greift Kevin zu und verstaut den Schein in seiner Jacke.
»Egal wie?«, fragt er, ohne Lukas anzusehen, die Zigarette im Mundwinkel.
»Nehmt ein Messer«, sagt Lukas. »Und eins ist bei der ganzen Sache wichtig.«
Sie warten.
»*Du* machst es.« Er zeigt auf Kevin. »Sonst zählt es nicht.«
»Und woher willst du wissen«, fragt Danny, »dass wir es überhaupt machen? Und wer von uns beiden es macht? Schließlich können wir dir auch was vorspinnen. Einfach sagen, wir haben es gemacht.«
Lukas grinst.
»Vertrauen gegen Vertrauen. Woher wollt ihr wissen, dass ich euch die andere Hälfte auch wirklich gebe?«
»Weil du sonst ein paar aufs Maul kriegst«, zischt Kevin, »wie noch nie in deinem Leben.«
»Vorsicht!«, warnt Lukas, »sonst überleg ich es mir noch anders. Schließlich wollt ihr was von mir und nicht umgekehrt.« Sein Ton unterstreicht, wie ernst er es meint. Kevin gibt klein bei. Wütend dreht er ab. Die beiden gehen los.
»Aber nur ein Reifen, klar? Das ist wichtig.«
Danny bleibt noch einmal stehen.
»Warum das denn schon wieder?«
»Das sind die Spielregeln«, meint Lukas. »Die müsst ihr nicht verstehen. Haltet euch einfach dran. So ist das mit Regeln nun

mal. Einer stellt sie auf und die anderen halten sie ein. Das werdet ihr noch brauchen im Leben, glaubt es mir.«

»Was war das denn jetzt?«, frage ich, als die beiden abgezogen sind wie überforderte Kinder.

»Ein Spiel«, sagt Lukas. »Ein lustiges Spiel. – Lass uns eine Runde zum Strand gehen. Mal gucken, was da so läuft.«

»Aber die kommen doch …«

»Mach dir mal um die beiden Schwachmaten keine Sorgen«, grinst er. »Die werden uns schon finden. Die riechen das Geld. Für ihre Saufnasen stinkt es nach Bier und diesen Weg finden sie immer.«

Plötzlich hat er es eilig und tritt in die Pedale.

»Außerdem können wir unterwegs gleich kontrollieren«, sagt er, »ob der Idiot auch pariert.« Über die Sache mit dem Vertrauen hatte ich mich schon vorher gewundert.

Wir fahren eine Abkürzung und sind eher da als die beiden. Lukas holt seine neue Digitalkamera aus dem Haus.

»Fürs Familienalbum«, grinst er.

Wir verstecken uns im Gebüsch. Keine Minute später tauchen Danny und Kevin auf. Sie benehmen sich so unauffällig, dass es auffallen muss. Aber sie haben Glück und außer uns beiden sieht sie niemand. Danny steht Schmiere. Lukas macht das erste Foto. Kevin tritt an Schröders BMW heran und rammt ein Messer hart in den linken Vorderreifen. Lukas macht das zweite Bild und das dritte und viele mehr. Als Kevin das Messer rauszieht, zischt es laut. Dann steckt er das Messer zurück in seine Tasche. Die beiden rennen los wie vom Teufel gejagt.

»Ich fass es einfach nicht«, sagt Lukas, als wir uns aus dem Gebüsch hochrappeln.

»Was?«, frage ich. »Was fasst du nicht?«

»Wie blöd die sind.«

Ich hab nicht den leisesten Schimmer, was das hier werden soll, aber wo er recht hat, hat er recht: Blöd sind sie ohne Ende.

»Ich finde«, meint er, »wer dermaßen bescheuert ist, hat auch kein Geld verdient. Oder wie siehst du das?«

Noch ehe ich irgendwas sagen kann, hat er schon den halben Schein aus seiner Hemdtasche gefischt. Vor meinen Augen zerfetzt er ihn in hundert kleine Schnipsel und lässt ihn als Konfettiregen zur Erde flattern.

»Aber …«

»Kein Aber«, erklärt Lukas ernst. »Du glaubst doch nicht wirklich, dass ich sie auch noch dafür bezahle, wenn sie meinem Nachbarn die Reifen zerstechen. Seh ich vielleicht so aus?«

Ich bin sprachlos. Wir setzen uns auf unsere Räder, fahren an den Strand zum alten Leuchtturm, der schon immer unser Lieblingsort war, wenn wir uns vor der Welt zurückziehen wollten.

(3)

»Stell dir vor«, sagt Lukas, »der Idiot von Kevin hat gestern Abend noch bei mir angerufen.«
Wir sitzen im Bus und sind auf dem Weg zur Schule.
»Was wollte er?«
»Das Geld natürlich«, erklärt Lukas. »Was sonst? Sie haben uns überall gesucht. Geil, oder?«
»Findest du? Er wird dir eine reinhaun. Und ich muss sagen, dass ich ihn verstehe. Du hast ihn voll gelinkt.«
Lukas grinst und guckt aus dem Fenster. Der Bus hält. Sara steigt ein. Sie würdigt uns keines Blickes, setzt sich gleich nach vorn, direkt hinter den Fahrer.
»Lass mich mal eben vorbei«, sagt Lukas.
Er geht Richtung Sara nach vorne, bleibt aber noch einmal stehen und dreht sich zu mir um.
»Das war jetzt aber nicht dein Ernst?«, fragt er. »Dass der mir aufs Maul haut, oder?«
»Der hat keine Phantasie«, sage ich. »Ihm bleibt nichts anderes übrig.«
Lukas spielt den Ratlosen.
»Du schnallst aber auch rein gar nichts«, meint er. »Wenn ich will, zerquetsch ich diese Laus unter meinem Daumen.«
Er geht einen Schritt weiter, bleibt dann aber noch einmal stehen.
»Und weißt du«, sagt er, »was das wirklich Tolle daran ist?«
Ich warte stumm.
»Dass ich es tue«, erklärt er langsam, »merkt der erst, wenn er schon zerquetscht ist.«
Er geht nach vorne und setzt sich neben Sara, die ihn nicht beachtet. Ich sehe, dass er auf sie einredet, kann aber nicht ver-

stehen, was er sagt. Ich erkenne nur, dass Sara langsam auftaut. Ihre Haltung entspannt sich. Schließlich dreht sie ihm ihr Gesicht ein paar Grad entgegen. Er redet immer weiter. Dann lachen sie.

Mit ein paar anderen stehen Lukas, Sara und ich in *unserer* Ecke des Schulhofs. Es ist große Pause. Als Malte in einiger Entfernung vorbeigeht, ruft Lukas ihn heran, Malte wundert sich. Ich wundere mich auch. Ich glaube nicht, dass Lukas bisher, über die Jahre gerechnet, mehr als fünf Worte mit Malte gewechselt hat.

»Ich wollte dich schon immer mal fragen«, sagt Lukas und legt freundlich eine Hand auf Maltes Schulter, »wie es eigentlich in der Theatergruppe so läuft. Eigentlich wäre ich auch gern Schauspieler. So wie du.«

Sara ahnt offenbar nichts Gutes und lässt Lukas keine Sekunde aus den Augen.

»Dann mach doch mit«, antwortet Malte und will gleich wieder gehen. Aber Lukas nimmt die Hand nicht von seiner Schulter. »Gerade Jungs können wir noch jede Menge gebrauchen.«

Lukas' herablassendes Getue wirkt besonders grotesk, weil Malte mindestens einen halben Kopf größer ist als er. Er ist bestimmt einen Meter neunzig und so dünn wie ein vertrockneter Hering.

»Stimmt, ihr habt ja bis jetzt keinen einzigen.« Lukas lächelt freundlich, als habe er nichts Besonderes gesagt.

»Außer mir.« Malte lächelt unsicher.

»Ja natürlich«, sagt Lukas. »Wie dumm von mir, es so auszudrücken. Außer dir natürlich. Das ist ja klar.«

Malte ist erleichtert, dass Lukas es nicht anders gemeint hat. Ich sehe, dass das Saras Argwohn keineswegs zerstreut, ganz

im Gegenteil. Ihre Antennen fahren spürbar noch weiter aus. Ich gebe ihr ein Zeichen, sich besser nicht einzuschalten.
Lukas hat schon seit mindestens einer halben Minute nichts mehr gesagt. Sein Lächeln bleibt unverändert wie die Hand auf Maltes Schulter. Alle lauern darauf, was als Nächstes passiert. Aber Lukas löst die Spannung nicht. Das überlässt er Malte, der einen hilflosen Versuch startet: »Also, komm doch mal zur Probe. Heute Abend zum Beispiel …«
»Ehrlich gesagt …«, es fällt Lukas sichtlich schwer, diese Worte auszusprechen, » … ich trau mich nicht so richtig.«
Malte lächelt ungläubig. »Du willst mich auf den Arm nehmen.«
»Niemals würde ich dich auf den Arm nehmen! Wo denkst du hin?« Lukas ist allein über den Gedanken hellauf empört. Er zieht seine Hand zurück, tritt einen halben Schritt nach hinten.
»Dafür«, sagt er, »habe ich viel zu große Hochachtung vor dem, was du in dieser Gruppe leistest. Ich will nicht übertreiben, aber du bist so was wie ein Vorbild für mich.«
Es klingt kein bisschen ironisch. Einem nach dem anderen vergeht das Grinsen. Niemand ist mehr sicher, ob das Ganze hier ein Scherz ist oder nicht. Nur Saras Antennen bleiben weit draußen, genau wie meine.
Selbst Malte fängt langsam an, die Sache zu schlucken. Etwas Stolz mischt sich in seinen Blick.
»Du übertreibst«, sagt er. »Ich bin ja auch nicht wirklich gut. Ich …«
»Nicht gut?«, unterbricht ihn Lukas. »Was redest du denn da? Du bist phantastisch, einfach genial. Ehrlich. Ich würde gerne von dir lernen.«
»Dann komm in die AG«, sagt Malte. »Wir lernen dort alle voneinander.«

Lukas winkt ab. »Die anderen sind, nimm es mir nicht übel, Stümper.«
»Aber das stimmt nicht. Sie …«
»Es ehrt dich, dass du sie verteidigst. Aber die sind doch höchstens dritte Kreisklasse. Du dagegen hast das Zeug zur Champions League. Von den blöden Weibern da kann ich nichts lernen, gar nichts. Aber von dir …«
Es klingelt zur nächsten Stunde. Malte wird sofort unruhig.
»Wie gesagt, Lukas, komm einfach heute Abend, und du wirst sehen, wie die Sache läuft. Es macht dir sicher Spaß.«
Langsam setzen wir uns in Bewegung.
»Du verstehst mich nicht«, sagt Lukas ernst. »Es geht mir nicht um Spaß. Es geht mir um Schauspielerei. Um die Kunst der Schauspielerei.«
»Ja, sicher, aber …«
»Aber wenn du meinst, Malte. Ich will schließlich von dir lernen. Und wenn du sagst, ich soll kommen, dann komme ich.«
Er scheint selbst erleichtert, nun diesen Entschluss gefasst zu haben. Plötzlich wirkt er ganz gelöst und locker. Wir gehen in die Schule.
»Das finde ich wirklich gut …« Auch Malte ist erleichtert.
Unsere Gruppe spaltet sich nach und nach. Wir sind jetzt auf der Treppe.
»Allerdings«, sagt Lukas, »kann ich heute nicht …«
»Das macht nichts. In zwei Wochen …«
»… weil ich heute Abend so was wie eine kleine … Party gebe.«
Ich bin ganz baff.
»Ja«, er zeigt auf mich, »David hier kommt auch. Und noch ein paar andere. Ich würde mich wahnsinnig freuen, ich meine, jetzt, wo wir praktisch Freunde sind, wenn du, ich meine, wenn du vielleicht auch …«

»Tut mir leid, aber die Theater-AG ...«
»Ach, die können doch wohl einmal ohne dich.«
Wir sind vor Maltes Klassentür angekommen.
»Ich will dich natürlich nicht drängen«, sagt Lukas schüchtern. »Aber du kannst es dir ja noch überlegen. Es ist nur, so oft gebe ich keine Partys. Stimmt's, David?«
»Stimmt«, sage ich und lüge damit nicht. Ich kann mich nicht erinnern, dass Lukas überhaupt jemals in seinem Leben eine Party gegeben hätte. Wir gehen weiter. Lukas ist enttäuscht und völlig zerknirscht.
»Was feierst du denn eigentlich?«, fragt Malte.
»Ach, nichts Besonderes. Wirklich nicht.«
Frustriert wendet Lukas sich ab, dreht sich dann aber doch noch einmal um.
»Es ist nur eine kleine Abschiedsparty.«
Mir fällt die Kinnlade runter. Selbst Sara macht in diesem Moment nicht das intelligenteste Gesicht, was schon einiges heißen will.
»Abschiedsparty?«, fragt Malte naiv. »Was denn für eine Abschiedsparty? Wer geht denn?«
»Ich natürlich«, antwortet Lukas. »Wer sonst? Ist schließlich meine Party, oder?« Er klingt plötzlich ein bisschen traurig.
»Und wohin gehst du? Ich wusste ja gar nicht, dass ...«
»Das wird noch nicht verraten«, sagt Lukas munter und scheint schon wieder ganz der Alte. »Es weiß auch noch keiner außer mir. Wie du auch an den beiden hier problemlos erkennen kannst. Sie sind ganz aus dem Häuschen vor Überraschung.«
Tatsächlich krieg ich nur langsam den Mund wieder zu. Wir schlendern weiter, Malte geht in die andere Richtung.
»Okay«, ruft er uns hinterher. »Ich komme!«

Zum Zeichen, dass er gehört hat, hebt Lukas die Hand in die Luft, ohne sich noch einmal umzudrehen.
»War das dein Ernst?«, frage ich, als wir im Klassenraum sind.
»Natürlich«, sagt Lukas nüchtern. »Es gibt Dinge, mit denen sollte man nicht scherzen.«
»Und wohin gehst du? Ich meine, wenn du weggehst, wieso weiß ich nichts davon? Ich bin schließlich ...«
»... du bist nicht nur mein bester Freund, David, du bist mein einziger Freund.«
»Eben.«
»Und genau deshalb bist du auch der Erste, der erfahren wird, wohin ich gehe.«
»Und die anderen?«
»Erfahren es auch noch rechtzeitig, keine Sorge.«
»Aber ... wohin gehst du denn? Zieht ihr weg oder was?«
»Immer mit der Ruhe. Ich sag's dir nachher. Wenn wir zu Hause aus dem Bus gestiegen sind.«
»Aber warum ... warum sagst du es mir erst heute?«
»Die Antwort ist nun wirklich ganz einfach.« Er setzt sich auf seinen Platz. Strobel, unser Mathelehrer, kommt in die Klasse.
»Und?«
Lukas grinst nicht.
»Weil ich es selbst erst seit heute Morgen weiß. Es war mehr so eine Art spontaner Entschluss.«

Im Bus stellt Sara ihm die gleichen Fragen wie ich schon zuvor. Lukas bleibt stur und sagt auch ihr nichts. Aber er hat gute Laune wie seit ewigen Zeiten nicht mehr. Er ist regelrecht aufgekratzt. Draußen ist wieder einer dieser schönen Frühherbsttage. Die Sonne schimmert golden durch die Busfenster. Das Licht macht Saras Gesicht noch hübscher als sonst.

»Wer kommt denn alles zu deiner Party?«, will sie wissen.
»Du bist ganz schön neugierig.« Lukas lächelt freundlich.
»Wenn ich kommen soll«, sagt sie, »muss ich schon wissen, wer mich da noch so erwartet.«
»So wenig spontan?«
»Genau.«
»Na gut, du hast gewonnen.«
Ich finde, dass es ihm erstaunlich wenig ausmacht, klein beizugeben. Aber vielleicht wollte er das sowieso.
»Also?«
»Außer euch beiden«, sagt Lukas, »und dem guten Malte, gehe ich fest davon aus, dass auch Danny und Kevin auf der Matte stehen werden.«
»Wie bitte?«
»Kein Quatsch«, meint Lukas amüsiert. »Echt nicht. Die beiden werden kommen. Aber dir, David«, er dreht sich halb zu mir um, »müsste das eigentlich klar sein. Schließlich warst du dabei, als ich sie eingeladen hab. Jedenfalls so gut wie eingeladen.«
Noch ehe ich etwas erwidern kann, reagiert Sara: »Dann komme ich nicht. Was, bitte schön, soll das denn für eine komische Party werden?«
»Kann es sein«, meint Lukas grinsend, »dass es dir einfach an Toleranz fehlt? Hast du vielleicht was gegen Unterprivilegierte?«
»Quatsch!« Sara wird langsam sauer. »Aber du willst doch mit denen keine Party feiern!«
»Was denn sonst?« Lukas spult die Frage runter wie ein Pflichtprogramm.
»Keine Ahnung!« Sara ist genervt. »Ich nehme an, das ist wieder irgendeine deiner seltsamen Ideen. Aber eins weiß ich ganz genau: Ich hab nicht die geringste Lust, mich von dir zum Versuchskaninchen machen zu lassen.«

»Versuchskaninchen«, wiederholt Lukas ironisch. »Also, wenn hier jemand seltsame Ideen hat, dann du. Das klingt ja, als plane ich irgendwelche Menschenexperimente.«

»Keine Ahnung«, sagt Sara. »Aber manchmal trau ich dir alles zu.«

»Das solltest du allerdings auch«, meint Lukas süffisant. »Aber heute geht's echt nur um meine winzig kleine Abschiedsparty.«

Wir sind in Saras Dorf angekommen. Sie steht auf.

»Wenn ich es jetzt noch mal schaffe«, fragt Lukas, »dich neugierig zu machen, versprichst du mir dann, zu kommen?«

Sara überlegt.

»Okay«, sagt sie schließlich.

Der Bus hält. Sie steht an der Tür.

»Gut«, meint Lukas. »Ich versuch es. Pass auf ...«

Die Tür geht auf.

»Dein Irrtum ist«, sagt er, »dass zu so einer Party nur Freunde kommen können. Freundschaft ist doch nur eine von vielen wichtigen Sachen im Leben. Jeder von euch hat eine andere Rolle. Und genau darin liegt das Geheimnis.«

Der Fahrer wirft einen ungeduldigen Blick in den Rückspiegel. Er schiebt seine Sonnenbrille nach unten, damit wir es auch ja sehen können. Sara setzt den ersten Fuß auf die Ausgangstreppe, sie zögert.

»Also gut«, sagt sie schließlich. »Ich werde kommen.«

Sie verlässt den Bus. Der Fahrer gibt Gas, noch ehe die Tür wieder zu ist. Nachdenklich sehe ich Sara draußen am Fenster vorbeigehen.

»Und was heißt das nun?«, frage ich hilflos.

Lukas grinst zufrieden und schweigt.

4

»Dem Schröder zerstechen sie andauernd die Reifen«, sagt meine Mutter beim Mittagessen. Es gibt Auflaufreste von gestern.
»Nicht *die* Reifen«, sage ich nebenbei.
»Was soll das denn heißen?«, fragt sie erstaunt.
»Es war immer nur ein Reifen«, antworte ich. »Ganz einfach.«
»Und woher weißt du das?« Sie vergisst das Weiteressen. Es ist schon viel, dass ihr nicht die Gabel aus der Hand fällt.
»Weil ich ihn jedes Mal zerstochen hab«, sage ich. »Ist doch klar. Weiß schließlich jeder, dass es mein Hobby ist, Reifen zu zerstechen.«
Sie bleibt völlig unbeweglich, starrt mich an, weiß nicht, was sie von mir und meinen Worten halten soll, wartet. Ich schiebe meinen Teller zurück. Er ist noch halb voll.
»Das hast du doch gedacht, oder?«, frage ich. Dann erkläre ich ihr, dass ich ihm den kaputten Reifen gewechselt habe.
»Ach so.« Erleichtert isst sie weiter. »Das ist aber nett von dir.«
»So bin ich eben. Das weißt du doch.«
Sie lächelt mich an. Dann sieht sie meinen halb vollen Teller.
»Schmeckt es dir nicht?«, fragt sie, ein bisschen beleidigt.
»Doch, doch«, versichere ich schnell. »Ich hab nur keinen Hunger.«
Ungläubig sieht sie mich an: Ich und kein Hunger, da stimmt in ihren Augen was nicht.
»Ich weiß auch nicht«, sage ich. »Aber irgendwie ist mein Magen wie zugekleistert.«
»Du wirst doch nicht krank werden?« Sie ist ehrlich besorgt.

»Alles okay.« Ich stehe auf. »Ich mach jetzt Hausaufgaben und geh dann zu Lukas.«
»So früh schon?«
»Er gibt eine Party«, erkläre ich. »Ich helf ihm bei den Vorbereitungen.«
»Eine Party? Am Nachmittag? Ich dachte, aus dem Alter wärt ihr raus?«
»Natürlich nicht am Nachmittag«, sage ich. »Wir fangen doch nur mit den Vorbereitungen an.«
»Was feiert er denn?«, fragt sie.
»Seinen Geburtstag«, sage ich und füge schnell hinzu: »Nachträglich.«
Ich hab keine Lust auf Erklärungen. Und schon gar nicht auf welche, die ich nicht geben kann. Deshalb das mit dem Geburtstag. Die Erklärung, die Lukas mir für den Heimweg versprochen hatte, ist er mir schuldig geblieben. Ich hab noch immer keine Ahnung, was *Abschiedsparty* bedeuten soll.

Bis zuletzt hab ich gedacht, dass Lukas uns alle auf den Arm nehmen will. Dass er überhaupt keine Fete gibt, sondern uns höchstens eine lange Nase macht, wenn wir auf der Matte stehen. Aber im Grunde hätte auch das nicht zu ihm gepasst … Was schließlich hätte es ihm bringen sollen?
Jedenfalls: Als ich bei ihm ankomme, steckt er mitten in den Vorbereitungen. Alles sieht tatsächlich nach einer Party aus, nach einer stinknormalen Party. Lukas hängt sogar Luftschlangen auf und räumt die Möbel im Wohnzimmer seiner Eltern um, damit so was wie eine Tanzfläche entsteht.
»Wir müssen noch Getränke besorgen«, sagt er, nachdem ich ihm geholfen habe, die Möbel zur Seite zu rücken. Spätestens ab jetzt hab ich keine Zweifel mehr, dass es ihm ernst ist.

»Du bist mir noch eine Erklärung schuldig«, sage ich deshalb. Er tut, als wüsste er nicht ganz, wovon ich spreche. Dann aber tippt er sich an die Stirn wie bei einem Geistesblitz.
»Na klar!«, ruft er. «Du willst wissen, warum es eine Abschiedsparty ist!«
Dabei sieht er mich an, als wäre mir die Sache in Wirklichkeit längst klar.
»Ich erzähl es dir unterwegs«, sagt er. »Okay?«
»Okay. Aber eins verspreche ich dir: Ich setz keinen Fuß mehr in diese Bude, solange ich nicht Bescheid weiß.« Das meine ich zwar nicht so furchtbar ernst, wie es sich anhört, aber es ist nicht schlecht, wenn Lukas das denkt. »Und über ein paar andere Dinge muss ich auch Bescheid wissen.«
»Zum Beispiel?« Er zieht die Haustür hinter sich zu. Wir gehen zu den Rädern.
»Wieso hast du ausgerechnet Typen wie Kevin, Danny oder Malte eingeladen? Und so Leute wie Dennis oder Murat nicht.« Dennis und Murat sind zwei unserer besten Kumpel. Wenn man überhaupt davon sprechen kann, dass wir beide Kumpel haben außer einander.
Wir steigen auf die Räder und fahren langsam los. Der Himmel hängt voller Wolken. Die Luft ist noch immer ziemlich warm und feucht. Man kommt schnell ins Schwitzen.
»Typen wie Dennis und Murat sind uninteressant«, sagt Lukas entschieden. »Vollkommen langweilig. Einfacher Durchschnitt eben. Und dies soll eine besondere Party werden.«
Lukas war schon immer ein bisschen anders als die anderen, aber ich finde, seit ein paar Tagen toppt er sich selbst mit seinem Gerede und auch mit dem, was er macht.
»Du wolltest schließlich«, sagt er, als könne er Gedanken lesen, »dass ich etwas gegen die Langeweile unternehme. Erinnerst du dich nicht?«

Urplötzlich tritt er mächtig in die Pedale, sodass ich automatisch zurückbleibe.

»Na klar erinnere ich mich«, ruf ich und ziehe nach. »Aber was hat beides miteinander zu tun?«

»Sag du mir zuerst«, schlägt er vor, »was es Langweiligeres gibt als langweilige Leute? Dann kommst du von alleine drauf.«

Natürlich ist da was dran, aber ich hab keine Ahnung, was ausgerechnet an Malte, Kevin oder Danny so furchtbar spannend sein soll.

»Das weißt du genauso gut wie ich«, behauptet Lukas. Wir fahren jetzt wieder nebeneinander her. Dabei nehmen wir mehr als die halbe Straße ein.

»Nun sag schon«, fordere ich.

Ein Auto hinter uns hupt, weil es nicht vorbeikommt. Lukas, der an der Innenseite fährt, denkt gar nicht dran, die Bahn freizumachen.

»Jetzt bist du auch langweilig«, sagt er unbeirrt. »Versuch es mal. Ich wette, du weißt, was an den dreien das Besondere ist. Los!«

Ich kann mich nicht mehr konzentrieren. Die Sache mit dem Auto hinter uns stört mich. Ein Blick über die Schulter sagt mir, dass es ein Tourist ist, einer der wenigen, die im September noch hier sind. Damit er endlich vorbeikann, lasse ich mich zurückfallen. Das heißt, er könnte vorbei, wenn Lukas sich nicht ebenfalls zurückfallen ließe. Wieder hupt das Auto, diesmal etwas länger.

»Malte ist schwul«, sage ich und zieh das Tempo wieder an, weil ich die Sache für ein schlichtes Missverständnis halte. Dass es keins ist, wird mir klar, als Lukas auch jetzt wieder das Gleiche macht wie ich.

»Bravo«, meint er. »Ein Punkt für dich. Weiter!«

Der Fahrer hinter uns drückt nun so lange auf die Hupe, dass ich schon denke, sie hat sich verklemmt. Ich fahre auf den Gehweg, aber Lukas rückt weiterhin keinen Millimeter zur Seite: Dabei tut er die ganze Zeit, als würde er gar nicht merken, was sich hinter ihm abspielt. Seelenruhig strampelt er weiter vor sich hin und scheint sich ausschließlich auf unser Ratespiel zu konzentrieren.

»Nun«, hakt er nach, »der Nächste. Was ist mit Danny? Du weißt es.«

»Er ist der größte Depp, der rumrennt.«

Lukas ist begeistert.

»Ich sag doch, du weißt es. Zwei Punkte. Weiter.«

Der Wagen fährt nun so dicht auf, dass kein Briefumschlag mehr zwischen Stoßstange und Lukas' Hinterrad passt, und hupt erneut, diesmal schnell und oft hintereinander.

»Nun komm schon von der Straße.« Langsam werd ich echt nervös. Der Fahrer scheint genauso verrückt zu sein wie Lukas.

»Erst bei dreieinhalb Punkten«, sagt er und nimmt noch ein bisschen Tempo raus.

»Nun komm.« Ich kann mich kaum noch konzentrieren.

»Also?« Inzwischen fährt er so langsam, dass er fast umfällt.

»Kevin ist dein Feind«, sage ich.

»Super. Punkt drei. Jetzt fehlt nur noch ein halber. Was ist mit Sara?«

Darauf fällt mir sofort etwas ein, aber ich will es nicht sagen. In diesem Moment berührt das Auto zum ersten Mal Lukas' Hinterrad. Es gibt ein schepperndes und leicht knirschendes Geräusch.

»Du bist in sie verknallt!«, rufe ich schnell.

Noch schneller fährt Lukas zur Seite. Der Wagen zieht sofort vorbei. Der Fahrer dreht sich um und droht mit der Faust.

»Falsch«, sagt Lukas und winkt so freundlich zurück, als sei alles nur ein Irrtum gewesen. Fluchend gibt der Fahrer Gas.

Den Fluch kann man nicht hören, aber sehen. Dann verschwindet das Auto. Ich bin froh, dass es nicht anhält.
»Und wieso bist du zur Seite gefahren, wenn es falsch ist?«, frage ich.
»Dir hat nur noch ein halber Punkt gefehlt«, meint er ernst. »Dafür reicht es.«
Inzwischen sind wir beim Supermarkt angekommen. Der fluchende Tourist ist zum Glück weit und breit nicht mehr zu sehen.
Ein halber Punkt, was soll das nun wieder bedeuten?
»Einen Punkt gibt's für eine komplett richtige Antwort«, erklärt Lukas. Wir stellen die Räder ab. »Du kriegst zweimal einen Viertelpunkt. Weil es auf zwei ganz verschiedene Arten ungefähr zu einem Viertel stimmt. Und zwei Viertelpunkte machen zusammengerechnet einen halben. So ist das nun mal.«
»Weiter!« Langsam aber sicher geht er mir auf die Nerven. Gemächlich schlendern wir zum Eingang.
»Erstens: Ich bin nicht verknallt«, grinst er, »finde aber, dass sie den tollsten Arsch der ganzen Gegend hat. Dafür ein Viertelpunkt. Natürlich nur, wenn ich beide Augen zudrücke, ich bin ja nicht so.«
»Und der zweite?«, frage ich gereizt.
Die automatische Tür des Supermarktes schiebt sich vor uns auf. Simsalabim, Sesam öffne dich.
»Nicht ich bin in sie verknallt«, sagt Lukas und taxiert mich aufmerksam. »Dafür aber jemand anders, der auch kommt.«
»Und wer soll das sein, bitte schön?«
Er grinst schief und sagt nichts. Mein Gesicht wird heiß. Wir verschwinden im Laden. Erst als wir vor den Getränkekisten stehen, fällt mir auf, dass die eigentlich fällige Erklärung noch immer fehlt.
Das nächste Mal frage ich danach, als wir die Vorbereitungen

abgeschlossen haben. Wir sitzen auf der Terrasse in Liegestühlen mit dicken, geblümten Polstern. Bis zum Beginn der Party sind es noch zwei Stunden. Lukas tut, als hätte er die Frage nicht gehört. Scheinbar ist ihm gerade etwas ganz anderes eingefallen.

»Ich hab total vergessen«, sagt er, »Kevin noch mal richtig einzuladen.« Und grinst: »Kann das wirklich schon das Alter sein?«

»Du hast Danny eingeladen und Kevin nicht?«, frage ich erstaunt.

»Quatsch«, sagt er, steht auf und schnappt sich das Telefon. »Danny braucht keine extra Einladung. Du sagst selbst, dass er der größte Depp der Gegend ist. Und woran erkennt man das?« Er fragt im Tonfall des genervten Lehrers, der einem leicht vertrottelten Schüler zum mindestens hundertsten Mal die gleiche Frage stellt.

»Na?« Ich hab nicht schon wieder Lust auf ein Quiz.

»Ganz einfach«, meint Lukas. »Man erkennt es daran, dass er Kevin auf Schritt und Tritt folgt. Wenn Kevin kommt, dann kommt Danny auch.«

Er lässt sich zurückfallen auf den Liegestuhl und drückt eine Nummer in die Tastatur.

»Hallo, Kevin«, sagt er freundlich. »Schön, dass ich dich ...« Offenbar unterbricht Kevin ihn, denn er redet nicht weiter. Stattdessen grinst er und hält den Hörer weit von sich in die Luft. Ich höre Kevins Stimme, aber ich kann nicht verstehen, was er sagt. Als er ruhiger wird, nimmt Lukas das Telefon wieder ans Ohr.

»Ich wollte dir nur versichern«, fährt er fort, »dass es mir leidtut. Mir ist was dazwischen gekommen. Aber das Geld steht euch natürlich zu.«

Wieder macht er eine Pause. Er grinst mich an wie einen Verbündeten, der in seine Pläne eingeweiht ist.

»Genau«, sagt er dann. »Und deswegen solltest du heute Abend hier vorbeikommen. Das Geld wartet auf dich. – Nein, ich kann nicht weg. – Nein, auf gar keinen Fall. Du musst schon hierherkommen ... Okay, dann also bis acht. Und sei auf jeden Fall pünktlich. Ciao!«
Und, nachdem er aufgelegt hat, zu mir, als habe es das Telefonat dazwischen nie gegeben: »Ich mach mich auf und davon. Heute Nacht noch.«
Mit den Fingern zeichnet er flüchtig die Bewegungen fliegender Vögel in die Luft. Sein Lächeln könnte nicht freundlicher sein.

(5)

Lukas und ich kennen uns seit der ersten Klasse. Damals bin ich mit meiner Familie hierhergezogen. Meine Familie, das waren meine Eltern und ich. Paul gab's erst mal nur im Bauch meiner Mutter.

Lukas hat mit seinen Eltern schon immer hier gewohnt. Sein Vater ist Manager bei einem großen Ölkonzern, seine Mutter mittlerweile Chefsekretärin bei der Konkurrenz. Kurz nachdem Lukas zur Schule kam, hat sie mit dem Arbeiten wieder angefangen. Deshalb war er auch damals viel bei uns. Seit die Sache mit seiner Schwester Cora passiert ist, ist Lukas Einzelkind.

Einmal musste ich auf Paul aufpassen. Nicht lange, denn meine Mutter ging nie lange weg, als Paul noch ein Baby war, am liebsten gar nicht. Aber dieses Mal musste sie dringend aus dem Haus und ich hatte ihn am Hals.

Er schlief in seinem Kinderwagen, aber kaum war unsere Mutter verschwunden, fing er natürlich an zu krähen. Es muss Sommer gewesen sein, wir waren auf der Gartenterrasse. Ich brütete über meinen Hausaufgaben.

Im selben Moment, in dem das Geschrei losging, klingelte es vorne an der Tür. Zum Glück war es Lukas. Dem fiel immer was ein, wenn es schwierig wurde, sogar bei Paul. Ganz im Gegensatz zu mir. Ich hatte jedes Mal gleich Angst, dass Paul sterben könnte oder so was. Komisch war, dass gerade Lukas diese Panik nicht zu haben schien. Was mit seiner kleinen Schwester Cora passiert war, wusste ich an diesem Tag noch nicht. Ich erfuhr es erst ein paar Monate später:

Eines Tages, nach dem Mittagsschlaf, hatte Cora tot in ihrer Wiege gelegen. *Plötzlicher Kindstod* nannten die Ärzte das,

und es bedeutete, dass sie einfach aufgehört hatte zu atmen. Lukas war damals vier. Er konnte sich kaum daran erinnern, aber natürlich wusste er, dass es passiert war.
Paul gegenüber benahm er sich fast wie ein Erwachsener, der es gut mit dem Kleinen meinte. Als ich ihn hereinließ, hörte er Paul von der Terrasse her schreien. Er ging sofort zu ihm, als er merkte, dass meine Mutter nicht da war.
Er guckte in Pauls Wagen, der an einem schattigen Plätzchen stand. Dann hielt er sich demonstrativ die Nase zu. Paul schrie ununterbrochen weiter und legte schließlich phonmäßig noch ein paar Dezibel zu. Wäre ich allein gewesen, hätte ich bestimmt gleich mitgeheult vor lauter Panik, aber Lukas' Anwesenheit wirkte beruhigend auf mich.
»Puh!«, rief er. »Der hat die Windeln voll. Wir müssen ihn da rausholen.«
Wie bitte? Rausholen? Was sollte das denn bedeuten? Sollten wir ihn vielleicht *sauber machen*, ihn *wickeln* oder so was? Zwar hatte ich schon oft zugeguckt, wenn meine Mutter Paul die Windeln gewechselt hatte, aber deshalb konnte ich es noch lange nicht selbst. Was zum Beispiel war, wenn er uns runterfiel?
Solche Fragen kamen bei Lukas gar nicht erst auf. Ohne Zögern hob er Paul aus dem Wagen und schleppte ihn ins Kinderzimmer. Es sah seltsam aus, weil Lukas auch nicht gerade groß war. Alles erschien mir etwas unwirklich und meine Angst wurde größer. Mit hängenden Armen trabte ich Lukas hinterher. Tatsächlich hatte Paul zu schreien aufgehört, seit Lukas ihn aus dem Wagen gefischt hatte. Paul mochte Lukas, das wusste ich. Er mochte ihn mehr als mich. Dass Lukas ihn ebenfalls mochte, lag sicher daran, dass er Cora vermisste. Jedenfalls hab ich mir das später so erklärt.
»Hilf mir mal«, sagte er.

Er war absolut überzeugt, das einzig Richtige zu tun. Mein ängstliches Getue beachtete er gar nicht. Notgedrungen half ich ihm schließlich, Paul auf die hohe Wickelkommode zu hieven. Es stank wirklich bestialisch.
Lukas zog einen Stuhl heran und kletterte hoch. Paul beobachtete ihn aufmerksam aus seinen riesigen blauen Augen. Lukas war völlig vertieft in seine Aufgabe. Mir gab er zwischendurch kurze Anweisungen. Zum Beispiel, wenn er ein Tuch brauchte oder das Öl. Paul hatte Durchfall, der oben schon aus der Windel gelaufen war.
Lukas schien so entschlossen, als sei Windelwechseln bei ihm an der Tagesordnung. Seine Sicherheit wirkte ansteckend und auch ich verlor meine Ängstlichkeit allmählich. Am Ende der Aktion saß die Windel krumm und schief, aber sie saß. Ein echtes Wunder. Paul blieb stumm wie ein Fisch und lächelte schließlich sogar.
Wir waren gerade fertig, als meine Mutter wieder auftauchte. Im ersten Augenblick erschrak sie, als sie hörte, was wir gemacht hatten, aber dann lobte sie uns. Vor allem Lukas.
Sie streichelte ihm über den Kopf. Und unter ihrem Blick hindurch schaute er mich mit unverhohlenem Triumph an, als wolle er sagen: *Siehst du, mich hat sie auch lieb.* Ein Bild, das mir noch heute eine Gänsehaut über den Rücken jagt, wenn ich daran zurückdenke. Lukas war plötzlich so anders.

(6)

»Was soll das denn schon wieder heißen: *Du machst dich auf und davon?*«
Ich glaub kaum, dass ich bei der Frage ein besonders cleveres Gesicht mache. Jedenfalls fühle ich mich eher dämlich.
»Darüber denke ich auch schon lange nach«, sagt Lukas ruhig. »Zuerst hab ich an Gift gedacht oder irgendwas in der Richtung. Aber das erscheint mir ein bisschen altmodisch. Was meinst du?«
Ich bin mir nicht sicher, ob er mich auf den Arm nehmen will. Das Thema ist absurd, und Lukas macht ein Gesicht, als rede er übers Wetter. Aber irgendwas ist da, das mich innerlich zusammenfahren lässt.
»Und schließlich ...«, er steht auf und beginnt, im Zimmer hin- und herzulaufen, »... habe ich mich anders entschlossen.«
Während er allmählich doch nervös zu werden scheint, beruhige ich mich langsam wieder. Der Grund dafür ist allerdings, wie mir gleich darauf klar wird, ein Missverständnis.
»Ich geb mir die Kugel«, erklärt er trocken, wenn auch ein bisschen fragend. Er bleibt stehen und sieht mich lauernd an, als warte er auf meine Zustimmung.
»Du bist ein Witzbold«, will ich die Sache ins Lächerliche ziehen. Das machen wir immer so, wenn irgendwas zu ernst wird. Aber schon, als ich es sage, weiß ich, dass die Nummer diesmal nicht funktioniert. Irgendwas ist anders als sonst. Irgendwas stimmt hier nicht.
»Mein Alter hat eine Knarre«, sagt er. »Das weißt du ja. Oder besser: zwei Knarren. Die alte und die neue.«
»Kein Geheimnis«, bestätige ich.

Schon vor Jahren hat sein Vater sich einen Handrevolver zugelegt, als es in unserer Gegend eine Einbruchsserie gab. Und vor Kurzem noch einen zweiten, das war mir bekannt.
»Normalerweise schließt er sie weg«, sagt Lukas, »wenn sie ein paar Tage nicht da sind. Aber diesmal hat er es vergessen. Sie liegen ganz offen in seiner Nachttischschublade.«
Er lauert auf meine Reaktion wie die Katze auf die Maus. Aber ich hab keine Ahnung, wie ich reagieren soll. Das alles hier ist schon lange kein Scherz mehr. Es schmeckt nicht danach und es fühlt sich nicht so an. Es ist einfach keiner.
Andererseits kann es nicht wirklich sein Ernst sein. Warum soll er sich erschießen wollen? Ausgerechnet Lukas, den ich schon immer um sein Selbstbewusstsein beneidet habe. Das ist doch totaler Quatsch!
Du redest Schwachsinn, will ich sagen, entscheide mich aber dann doch anders.
»Und warum?«, frage ich ernst und bringe ihn damit für einen Moment aus dem Konzept.
»Ich hab meine Gründe«, sagt er verschwommen.
»Schon klar. Aber welche?«
Wieder scheint er kurz mit sich zu hadern.
»Vielleicht erzähl ich das später noch«, erklärt er schließlich. »Wenn alle da sind.«
»Ach so.« Langsam fällt es mir schwer, ernst zu bleiben. »Du wirst also allen erzählen, dass du dich erschießen willst?«
Ich komm mir vor wie in einem schlechten Film.
»Wahrscheinlich ja«, sagt Lukas, als rede er vom Wetter. »Aber mal sehen. Das entscheide ich je nach Stimmungslage. Vorher wollen wir noch ein bisschen Spaß haben.«

Als Erster taucht Malte auf. Wie immer superkorrekt, steht er um Punkt acht Uhr auf der Matte. Er hat sich schick gemacht, trägt ein kurzärmeliges Sommerhemd und eine weiße Jeans. Seine Haare sind frisch gestylt. Er hat eine Flasche Sekt in der Hand und lächelt unsicher, als ich ihm die Tür öffne.

»Hallo. Da bin ich.«

»Ach nee? Komm rein.«

Da es noch ziemlich warm ist draußen, gehen wir auf die Terrasse. Lukas bringt ein paar Gläser. Die Tür zum Wohnzimmer ist weit geöffnet.

»Hallo, Malte.« Lukas begrüßt ihn mit Handschlag. »Setz dich doch. Was willst du trinken?«

»Erst mal 'ne Cola«, sagt Malte und nimmt den nächsten Stuhl.

Seine Unsicherheit würde ich sogar mit geschlossenen Augen spüren. Lukas benimmt sich wie ein übereifriger Kellner. Dienstfertig füllt er ein Glas mit Cola und stellt es vor Malte auf den Tisch.

»Das wird … äh … also eine … äh … eine Abschiedsparty?«, fragt der und läuft sofort knallrot an, obwohl er eigentlich nichts Schlimmes gesagt hat. Lukas setzt sich ihm gegenüber und hebt sein Glas. Malte macht es ihm nach, seine Hand zittert etwas. Lukas betrachtet ihn belustigt und mit der Neugier eines Wissenschaftlers.

»Entschuldige«, sagt er. »Was hattest du gefragt, Malte?«

»Äh … eine Abschiedsparty, meine ich? Das wird also eine Abschiedsparty?«

Es klingelt an der Haustür. Lukas steht auf.

»Genau«, sagt er. »Eine Abschiedsparty. Hatte ich das denn schon erwähnt?«

Er verschwindet im Haus.

»Ja, hattest du«, ruft Malte ihm hinterher. Allerdings viel zu leise, als dass Lukas es hören könnte.

Vorsichtig lächelt Malte in meine Richtung. Obwohl ich ihn

nicht besonders mag, lächle ich zurück. Er tut mir leid. Von seiner Cola nimmt er einen dermaßen winzigen Schluck, dass das Glas danach kein bisschen leerer aussieht, obwohl der Schluck bestimmt fünf Sekunden dauert.

»Was heißt eigentlich Abschiedsparty?«, fragt er mich. »Zieht er weg?«

Fast hört es sich an, als ob er traurig darüber wäre.

»Selbst wenn ich es wüsste«, sage ich, »würde ich es dir nicht sagen. Das muss er schon selbst erzählen.«

»Soll das etwa heißen, dass er nicht mal dich eingeweiht hat?« Ich wundere mich, dass er vor lauter Überraschung seine Cola nicht wieder ins Glas spuckt.

»Genau das heißt es«, lüge ich. »Er macht ein riesiges Geheimnis draus. Wird sicher spannend.« Aus unerklärlichen Gründen fühle ich mich plötzlich saumäßig unwohl.

In diesem Moment kommt Lukas allein auf die Terrasse zurück.

»Das war Schröder«, sagt er und setzt sich.

»Schröder?« Mein Erstaunen ist nicht gespielt. »Was wollte der denn?«

»Er hat mir Fotos gezeigt«, meint er und guckt mich an, als würde das bereits alles erklären. In meinem Kopf beginnt es zu rattern.

»Du hast aber nicht …«

»Ich?«, fragt er unschuldig. »Ich habe mir die Bilder angesehen, sonst nichts.« Dann wendet er sich an Malte: »Stell dir mal vor: Auf den Bildern sind zwei Typen zu sehen, wie sie gerade die Autoreifen meines Nachbarn zerstechen! Zisch! Einfach so.«

»Tatsache?« Nervös fängt er an, auf seinem Stuhl hin und her zu rutschen.

»Ja. Unglaublich, oder?«

Lukas scheint entsetzt und Malte macht ein unglückliches Gesicht.
»Was wollte er von dir?«, frage ich.
»Er glaubt, die beiden vom Sehen zu kennen«, erklärt Lukas, »ist sich aber nicht sicher. Da wollte er von mir wissen ...«
»Und? Hast du ihm die Namen gesagt?«
»Natürlich nicht! Wo denkst du hin. Ich werde doch die Namen von zwei Kumpels nicht einfach so ausplaudern.«
»Das waren Kumpels von euch?«
Weder Lukas noch ich reagieren auf Maltes Zwischenfrage.
»Ich hab ihm nur gesagt«, fährt Lukas unschuldig fort, »dass er die beiden später hier antreffen wird.«
»Wie bitte?!«
Er scheint zu zweifeln. »Findest du das nicht okay? Soll ich ihn anrufen und sagen, dass ich mich getäuscht habe? Dass es sich um Doppelgänger handelt?«
Tatsächlich tut er, als wolle er zum Telefon gehen, aber dann setzt er sich wieder.
»Nein«, sagt er, als habe er sich nun selbst überzeugt. »Das wäre nicht in Ordnung. Schließlich *waren* sie es. Und dafür müssen sie geradestehen. Findest du nicht?«
Noch ehe ich darauf antworten kann, klingelt es erneut an der Tür.

»Irgendwie eine komische Party«, sagt Sara, nachdem sie eine Weile bei uns auf der Terrasse sitzt. Ich kann ihr da nicht widersprechen.
Aus der Wohnung kommt Musik von Felix de Luxe. Keiner von uns hat während der vorangegangenen fünf Minuten auch nur einen Piep von sich gegeben.
»Findest du?«, fragt Lukas. Er scheint völlig perplex über Saras Ansicht.

Sie grinst ihn an und lässt sich zu keiner anderen Antwort herab. Lukas spielt den Empörten. Als würde er Hilfe suchen, wendet er sich an Malte.
»Findest du meine Party etwa auch komisch?«, fragt er gespielt verzweifelt.
»Komisch? Nein, wieso?«
Malte gerät ins Schwitzen, seine Stirn glänzt. Diesmal leert er das fast noch volle Glas in einem einzigen Zug. Danach setzt er sich so kerzengerade auf seinen Stuhl, als habe er nicht getrunken, sondern einen Besenstiel verschluckt.
»Ich find es toll, dass du eine Party gibst. Einfach toll.«
Wir schauen ihn an, als erwarteten wir eine Fortsetzung. Lukas nun mit dem stolzen Blick eines Lehrers, der seinem Musterschüler lauscht. Es fehlt nur, dass er Beifall klatscht.
»Wisst ihr was?«, fragt er plötzlich gut gelaunt und steht auf. Alle Blicke wandern zu ihm hin. Malte, aus dem Blickpunkt befreit, atmet auf und lässt sich auf seinem Stuhl ein paar Zentimeter nach unten sacken. Dann passiert eine Weile gar nichts, bis endlich Lukas fortfährt: »Ich hol uns jetzt eine Flasche Sekt. Dann kommen wir besser in Stimmung. Was meint ihr?«
Noch ehe jemand etwas entgegnen kann, ist er auch schon im Haus verschwunden.
»Ich denke, er trinkt keinen Alkohol«, sagt Sara zu mir.
»Tut er auch nicht«, gebe ich zur Antwort. »Ich übrigens auch nicht.«
Ich wünschte mir, dass es anders wäre, aber Sara scheint das nicht besonders zu beeindrucken. Dann ist Lukas zurück, in der Hand eine Flasche Sekt. Er strahlt übers ganze Gesicht.
»Hier« sagt er stolz zu Sara, »fühl mal. Eisgekühlt.«
Noch ehe sie reagieren kann, hat er ihr auch schon die Flasche an den Hals gedrückt.

»Hey!«, ruft sie erschrocken. »Was soll das? Verdammter Blödmann!«
Lukas lächelt.
»Machst du sie auf?«
Er hält Malte die Flasche unter die Nase. Der greift zwar zu, macht aber ein dermaßen hilfloses Gesicht, dass Sara sich nach ein paar Augenblicken erbarmt.
»Gib mal her.«
Froh, Flasche und vor allem Aufmerksamkeit damit erneut los zu sein, reicht Malte ihr den Sekt. Ohne mit der Wimper zu zucken, reißt sie die Alufolie vom Flaschenhals und dreht den Haltedraht langsam auf. Mit der zweiten Hand sichert sie den Korken. Das alles erledigt sie so routiniert, als mache sie den ganzen Tag lang nichts anderes, als Sekt zu öffnen. Mit einem leisen, trockenen *Plopp* gleitet der Korken aus dem Flaschenhals.
»Apropos: Was feiern wir denn nun eigentlich?«, fragt Sara, fast ebenso trocken.
Ihre Blicke nageln Lukas fest.
»Äh …«
»Du hast von einer Abschiedsparty gesprochen«, hilft sie ihm auf die Sprünge.
Lukas besinnt sich.
»Ihr könnt es ja wirklich nicht abwarten«, sagt er fröhlich. »Ich werde es euch schon noch rechtzeitig erzählen. Nur keine Bange. Jetzt lasst uns erst mal feiern. Ich hole noch ein paar Gläser.«
Noch während er im Haus ist, klingelt es erneut an der Tür.

(7)

Anfangs dachte ich immer, Lukas wäre ein ganz *normales* Einzelkind. Bis ich kapiert habe, dass seine kleine Schwester tot war, dauerte es. Er redete nicht darüber.

Am Tag nach dem Windelwechsel bei Paul fragte ich ihn, woher er das so gut konnte.

»Weiß auch nicht.« Er sah mich nicht an. »Geht doch ganz einfach.«

Als Paul ein paar Monate später laufen konnte, nahmen wir ihn ab und zu mit auf den Spielplatz. Ich fand es eher lästig, aber Lukas riss sich richtig darum. Anfangs fand auch meine Mutter die Idee nicht so toll, aber als sie merkte, dass wir gut auf ihn aufpassten, hatte sie nichts mehr dagegen.

Ich erinnere mich besonders an einen ganz bestimmten Tag. Es muss Frühling gewesen sein, denn es war noch nicht richtig warm, obwohl die Sonne schien, aber auch nicht mehr wirklich kalt.

Ich war überhaupt nicht gut auf Paul zu sprechen. Ich war total genervt, dass Lukas meine Mutter mal wieder überredet hatte, uns den kleinen Scheißer mitzugeben.

»Warum schaffst du dir eigentlich keinen eigenen Bruder an?«, machte ich meinem Ärger Luft. »Den kannst du dann den ganzen Tag durch die Gegend schleppen und mit ihm spielen.«

Ich weiß noch, dass Lukas plötzlich ganz ernst wurde, aber er sagte nichts. Wie immer half er Paul die Leiter zur Rutsche hinauf. Er hielt ihn dabei von hinten fest, aber auf einmal war er nicht mehr richtig bei der Sache. Ich hatte keine Ahnung, an was er plötzlich dachte, aber ganz sicher nicht an Paul.

Selbst der schien das zu spüren, seine Schritte wurden irgendwie tapsiger und unsicher. Meine Stimmung besserte das alles nicht gerade.
»Nimm ihn am besten mit nach Hause«, nörgelte ich. »Ihr beiden passt echt gut zusammen.«
Ich hatte Lust, mich mit Lukas zu streiten, aber er blieb stumm wie ein Fisch, was ziemlich untypisch für ihn war.
»Ihr seid das ideale Paar«, stichelte ich.
Lukas' Schweigen machte mich immer wütender. Am liebsten hätte ich mich mit ihm geprügelt. Dabei prügelten wir uns sonst nie.
In diesem Moment zog Kevin mit ein paar anderen vorbei. Sie waren unterwegs zum Bolzplatz und hatten einen Ball dabei.
»Hi Babysitter!«, rief er zu uns rüber. »Ihr seid viel zu blöd, um mitzuspielen. Sonst würdet ihr euch nicht dauernd dieses Rotzgör aufdrücken lassen, oder?«
Er drehte den Ball auf einem Finger und blinzelte uns erwartungsvoll gegen die Sonne an. Fußballspielen war das Höchste für mich. Deshalb war ich auch ziemlich gut darin, und genau darum fragte Kevin ausgerechnet uns. Ansonsten konnten wir uns schon damals nicht ausstehen. Wir gingen uns so gut wie möglich aus dem Weg.
»Was ist?!«, fragte er. »Seid ihr dabei?«
»Versteh ich nicht«, meinte Lukas und fing Paul unten an der Rutsche auf. »Ich denk, wir sind zu blöd.«
»Wir können den Zwerg ja als Pfosten benutzen«, schlug Kevin vor und drehte sich grinsend zu seinen Kumpels um. Sie lachten planmäßig laut. »Das kann er bestimmt super!«
Seit ich in der Gegend wohnte, gab es immer wieder Ärger mit Kevin und seinen Leuten. Gegen die hielten Lukas und ich normalerweise zusammen wie siamesische Zwillinge. Aber plötzlich hatte ich nur noch Lust, ihm in den Rücken zu fal-

len. Er ging mir so was von auf die Nerven. Ich war stinksauer. Auf Lukas, auf Paul, auf die ganze Welt. Ich wollte einfach Fußball spielen, statt hier auf dem Spielplatz rumzuhängen und Lukas beim Spielen mit Paul zuzugucken.

Kevin war schon weitergegangen.

»Warte!«, rief ich ihm hinterher. »Ich komm mit!«

Und zu Lukas: »Du kannst Paul ja nach Hause bringen, wenn ihr beiden fertig seid.«

Etwas Verächtlicheres fiel mir nicht ein und weg war ich. Lukas sah mir mit schmalen Augen hinterher. Ich spürte seine Blicke in meinem Rücken. Was ich gemacht hatte, war natürlich fies. Aber es war genau das, was ich tun wollte. Irgendwie hatte ich keine andere Möglichkeit.

»Komm schnell! Mit Paul ist was passiert!«

Lukas' Ruf riss mich mitten aus einem Dribbling. Sofort war mir klar, dass er keinen Quatsch machte. Seine Augen waren weit aufgerissen, seine Stimme hektisch. Paul war weit und breit nicht zu sehen. Ich rannte zu Lukas.

»Was ist los?«, fragte ich außer Atem. »Wo ist er?«

»Komm«, rief er im Starten. »Wir müssen zu ihm. Er ist von der Rutsche gefallen.«

Schon von Weitem hörte ich Pauls Heulen. Er schrie wie am Spieß. Ich hatte ihn noch nie so laut schreien hören.

»Warum hast du ihn allein gelassen?«, fragte ich.

»Hab ich nicht«, meinte Lukas. »So eine Omi ist bei ihm.«

Dann waren wir angekommen. Paul saß auf einer Bank und schrie noch immer. Neben ihm eine ältere Frau, die vergeblich auf ihn einredete.

Als Paul uns sah, streckte er die Arme nach uns aus und schrie noch lauter. Er wollte von der Bank weg, aber die Frau hielt ihn fest. Das wunderte mich, aber ich dachte nicht lange drü-

ber nach. Ich rannte zu Paul und nahm ihn in den Arm. Die Frau warf mir einen skeptischen Blick zu.
»Wer bist du denn jetzt wieder?«, fragte sie mich nervös.
»Das hier ist mein Bruder«, antwortete ich und zeigte auf Paul.
Als sie sah, dass Paul sich in meinem Arm schnell beruhigte, wurde auch sie ruhiger. Paul verwischte die Tränen in seinem Gesicht mit der Hand.
»Wieso«, fragte die Frau, »lässt du deinen kleinen Bruder mit dem da alleine?« Zweifelsohne sprach sie von Lukas. Ich verstand nicht, was sie meinte.
»Er hat ihn von der Rutsche fallen lassen«, behauptete sie. »Absichtlich!« Offenbar war sie überzeugt, dass sie die Wahrheit sagte.
»Häh?!« Lukas verstand die Welt nicht mehr. »Wie kommen Sie denn darauf?« Er war vollkommen fassungslos.
»Was ich gesehen habe«, beharrte die Alte, »das habe ich gesehen. Du hast den Kleinen hier mit voller Absicht von der Rutsche fallen lassen.«
»Die braucht 'ne neue Brille«, sagte Lukas zu mir. »Oder sie ist völlig durchgedreht. Die spinnt total!«
»Ich spinne nicht«, gab sie mit wütend zitternder Stimme von sich. »Und meine Brille funktioniert noch sehr gut. So eine Unverschämtheit.«
Lukas schien einzusehen, dass er zu weit gegangen war. Vorsichtig machte er einen Schritt auf die alte Dame zu und entschuldigte sich kleinlaut.
»Aber warum sagen Sie so was?«, fragte er schließlich. »Ich mag Paul total gerne.«
»Das stimmt«, sagte ich. »Ich kann es bestätigen.«
Paul war inzwischen ganz ruhig geworden. Aufmerksam und vergnügt schaute er von einem zum anderen. Ganz offen-

sichtlich ging es ihm wieder gut. Aber die Frau ließ sich nicht beirren.
»Du hättest ihn halten können«, sagte sie energisch zu Lukas, »aber du hast es nicht gemacht.«
»Vielleicht hab ich nicht gut aufgepasst«, meinte Lukas. »Zugegeben …«
»Pah!«, schnaubte sie verächtlich. »Nicht gut aufgepasst. Dass ich nicht lache. Du hast danebengestanden und genau gesehen, was passieren würde. Aber statt einzugreifen, hast du die Arme vor der Brust verschränkt.«
Sie war absolut überzeugt. Obwohl sie sich täuschen musste. Wir hauten schnell ab. Sonst hätte sie noch das ganze Dorf zusammengeschrien. Mehrere Passanten waren schon aufmerksam geworden. Und ein paar von ihnen kannten meine Eltern. Natürlich würde es ein Riesentheater geben, wenn die von der Geschichte erfuhren.

»Erzählst du's zu Hause?«, fragte mich Lukas etwas später auf dem Heimweg. Er klang bedrückt.
»Nicht das, was die Alte gesagt hat«, beruhigte ich ihn.
»Das war auch totaler Quatsch«, meinte er, ohne mich anzusehen.
»Na klar«, sagte ich. »Deshalb erzähl ich's ja auch nicht. So'n Schwachsinn.«
»Und das mit der Rutsche?«, fragte er unsicher.
»Das muss ich erzählen. Er muss bestimmt zum Arzt.«
»Warum das denn? Es geht ihm doch schon wieder total gut.«
»Findest du?«
Wenn ich mir Paul so ansah, schien Lukas recht zu haben. Quietschfidel saß er in seinem Wagen und brabbelte vor sich hin.
»Okay«, meinte ich schließlich. »Ich sag nichts.«

Ein gutes Gefühl hatte ich dabei nicht, aber Lukas war mein Freund.
»Was die Omi gesagt hat«, fragte ich schließlich noch einmal, »war doch Quatsch, oder?«
»Na klar«, meinte Lukas. »Was denkst du denn?«

Auch Stunden später war Paul noch immer obenauf. Trotzdem blieb Lukas bedrückt, auch als wir allein auf dem alten Leuchtturm saßen. Vor einiger Zeit hatte Lukas rausgefunden, wie man das Türschloss ohne große Probleme mit einem Taschenmesser öffnen konnte. Seither saßen wir oft auf der oberen Plattform, guckten raus aufs Wasser und quatschten über alles Mögliche.
»Paul ist okay«, sagte ich irgendwann zu ihm. »Du brauchst dir keine Sorgen zu machen.«
»Ich weiß«, antwortete er. »Aber ich muss die ganze Zeit an was denken.«
»Und an was?«, fragte ich.
»An Cora«, sagte er leise. Er tat, als müsste ich wissen, von wem er sprach. Ich hatte allerdings keine Ahnung.
»Wer is'n Cora?«, fragte ich.
Wir saßen mit dem Rücken an die Wand des Turms gelehnt. Es war die Zeit, als wir unsere ersten Rauchversuche machten, und wir hatten beide Zigaretten in der Hand. Lukas behauptete, Cora sei seine Schwester.
»Seit wann hast du 'ne Schwester?«, fragte ich.
»Hab ich nicht mehr«, flüsterte Lukas. Seine Blicke verloren sich irgendwo weit draußen auf dem Meer.
»Wie: *Hast du nicht mehr*?«
So langsam merkte ich, dass das hier kein Blödsinn war.
»Cora«, sagte er, »meine Schwester. Hab ich nicht mehr. Sie ist nämlich tot.«

Noch immer sah er mich nicht an. Er schnippte den Zigarettenstummel übers Geländer nach unten. Mir hatte es die Sprache verschlagen.
»Was redest du für einen Quatsch?«, fragte ich endlich. Ich konnte ja nicht den ganzen Tag hier sitzen und keinen Piep mehr von mir geben, obwohl mir plötzlich danach zumute war.
»Ist kein Quatsch«, meinte Lukas. »Es stimmt.«
Ich sah erst jetzt, dass sein Gesicht tränennass war. Wieder hatte ich keine Ahnung, was ich sagen sollte.
Und ganz plötzlich guckte Lukas mich an. Seinen Blick werde ich nie im Leben vergessen. Seine Augen schienen hohl wie Löcher.
Und dann hat er mir die Geschichte von Cora erzählt. Dass sie eines Tages tot in ihrem Bett gelegen hatte, einfach so. Er selbst hatte entdeckt, dass sie nicht mehr atmete. Das war für ihn das Schlimmste. Für kurze Zeit war er allein mit ihr im Haus gewesen.
»Ich kann mich nicht mehr richtig dran erinnern«, meinte er, »aber meine Mutter sagt, ich hab gleich bei ihr angerufen.«
»Warum hast du das noch nie erzählt?«, fragte ich.
Mit einem Bluteid hatten wir uns geschworen, jedes Geheimnis miteinander zu teilen. Damals hatten wir unsere Finger angeritzt und eine halbe Minute lang fest aufeinandergedrückt. Lukas hatte das in irgendeinem Film gesehen. Auch das hatten wir hier beim alten Leuchtturm gemacht. Nur noch nicht oben, sondern unten im Sand, denn da hatte Lukas das mit dem Taschenmesser noch nicht rausgefunden.
»Ich wollte es immer erzählen«, sagte er jetzt. »War aber total schwer. Jetzt, wo ich's endlich gemacht hab, geht's mir besser.«
»Ehrlich?«, fragte ich.
Er weinte nun nicht mehr.

»Ehrlich.«

Er wischte sich die letzten Tränen ab und lächelte jetzt sogar ein bisschen.

(8)

Die Sektgläser in Lukas' Hand klingen leise gegeneinander, als er geht, um die Haustür zu öffnen. Die CD ist gerade zu Ende, sodass es ganz ruhig ist und man jedes Geräusch aus dem Haus hören kann.

Kaum hat er die Tür geöffnet, scheppert es, als habe er sich spontan entschlossen, statt Abschiedsparty Polterabend zu feiern. Irgendwas stimmt da nicht. Ich stehe auf, um nachzusehen. Als ich gerade im Haus bin, kommt Lukas mir entgegen-*geflogen*. Mit ihm die Sektgläser, die an der Wand zerschellen.

So stürmisch kenne ich dich gar nicht, will ich sagen, aber der Scherz bleibt mir im Hals stecken, als er völlig ungebremst mit dem Rücken auf den Boden knallt.

»Hey, hey!«, versucht er, einen für mich noch unsichtbaren Angreifer zu beruhigen. Aber schon im nächsten Moment tritt Kevin ins Wohnzimmer, direkt gefolgt von Danny. Beide sehen ziemlich wütend aus.

»Wenn du denkst, du kannst uns verarschen«, sagt Kevin, »dann hast du dich getäuscht.«

Mühsam rappelt Lukas sich wieder auf. Immerhin scheint es, dass er sich nicht groß verletzt hat. Als ich mich auf Kevin stürzen will, hält Lukas mich am Arm zurück.

»Wie kommt ihr denn darauf?«, fragt er und wischt sich einen dünnen Blutstreifen aus dem Mundwinkel. »Ich hab euch zu meiner Party eingeladen, das ist alles. Komische Art, jemand zu verarschen, findet ihr nicht?«

»Er *will* uns verarschen«, sagt Kevin und dreht sich zu Danny um, der angriffsbereit in der Tür lauert.

»Klarer Fall«, bestätigt der trocken. »Er will.«

Ich bin ganz sicher, dass Kevin erneut zuschlagen wird. Körperlich ist Lukas Kevin nicht gewachsen.
»Quatsch«, sagt Lukas. »Ich hab euch hierher eingeladen, oder etwa nicht? Was hat das …«
In diesem Moment passiert genau das, was ich vorhergesehen habe. Blitzartig wirbelt Kevin herum und schlägt zu. Noch schneller aber dreht Lukas sich ab und springt zur Seite. Kevins Faust saust wie ein Vorschlaghammer durch die Luft ins Leere. Für Sekundenbruchteile bringt ihn die eigene Wucht ins Taumeln, er stürzt, und schon im nächsten Moment sitzt Lukas rittlings auf seinem Rücken. Blitzschnell greift er Kevins Arm und reißt ihn mit einem harten Ruck hoch.
Kevin hat keine Ahnung, was gerade mit ihm passiert. Danny steht mit weit aufgerissenem Maul daneben. Auch ich brauche eine Weile, um die Situation zu erfassen. Als Danny Anstalten macht einzugreifen, drohe ich ihm mit der Faust, worauf er sich tatsächlich zurückhält.
»So!«, stößt Lukas atemlos hervor. »Können wir jetzt ungestört unsere kleine Party weiterfeiern?«
Als Kevin nicht sofort antwortet, zieht er den Arm noch mal an wie einen Schraubstock.
»Okay, okay!«, schreit Kevin unter Schmerzen. »Wir wollen nur die Kohle. Dann sind wir wieder weg.«
»Ihr seid meine Gäste, kapiert? Ihr kriegt euer Geld, aber ihr verschwindet erst, wenn die Party vorbei ist.«
»Ich will keine Party mit dir feiern, du Arsch!«, ruft Kevin. Er hat heute seinen hartnäckigen Tag.
»Ich hab euch eingeladen«, zischt Lukas, »und ihr seid gekommen. Das hier ist meine Fete. Ihr seid meine Gäste. Und ihr bleibt. Klar?«
Er unterstreicht die Frage mit dem nächsten ruckartigen Armumdreher und Kevin lenkt augenblicklich ein.

»Gut«, sagt Lukas friedlich. »David geleitet euch auf die Terrasse.«
Er steht auf. Kevins Gesicht ist feuerrot. Er platzt fast vor Wut und Ratlosigkeit, sagt aber nichts mehr und kommt ebenfalls hoch.
»Ich beseitige nur schnell die zerschlagenen Gläser«, meint Lukas in harmonischstem Tonfall. »Dann besorge ich uns ein paar neue. Außerdem brauchen wir noch eine zweite Flasche Sekt, glaube ich. Wir sind ja inzwischen doch ein paar Leute mehr geworden.«

Ungefähr zwei Minuten später schenkt er jedem ein Glas ein. Auch Sara, die zuerst nicht will, sich aber dann doch *zur Feier des Tages* – welche Feier? – überreden lässt. Wir alle sitzen im Kreis um Lukas herum, der in der Mitte steht und seelenruhig ein Glas nach dem anderen füllt. Er macht das ziemlich gut: Der Sekt perlt und schäumt munter nach oben, aber keiner der hohen, schmalen Kelche läuft über.
Auch mir und sich selbst schenkt er ein. Obwohl wir eigentlich nie trinken. Aber ich will ihm nicht ins Konzept pfuschen und beiß mir auf die Zunge.
Mittlerweile hab ich so ein Gefühl, als sei nichts an diesem Abend zufällig. Alles ist wie eine große Inszenierung, im Theater oder so. Jeder scheint seine vorbestimmte Rolle zu spielen. Und Lukas ist der, der die Rollen verteilt.
Irgendwie bin ich gespannt, wie alles weiterläuft, habe aber gleichzeitig ein mulmiges Gefühl. Es ist schon seltsam, dass Lukas mich fast genauso im Dunkeln tappen lässt wie die anderen. Ich frag mich wirklich, warum er das tut. Es ist nicht der übliche Stil zwischen uns.
Gerade spielte er den perfekten Gastgeber, schaute jedem freundlich lächelnd in die Augen. Sara genauso wie Malte oder

mir. Kevin und Danny werden allmählich lockerer. Schon die Aussicht auf Alkohol scheint sie in Schwung zu bringen.
Lukas setzt sich auf den letzten freien Platz in unserer Runde. Ein bisschen Blut in seinem Mundwinkel ist nachgesickert und bildet dort eine winzige Kruste. Er hebt sein Glas, aus dem fröhlich die Sektperlen springen. Sein munterer Blick macht die Runde.
»Liebe Leute«, er hebt die Stimme, »ich bin sehr froh, dass ihr alle gekommen seid. Außer euch stand niemand auf meiner Gästeliste. Und keiner, der draufstand, ist nicht gekommen. Das freut mich.«
»Könntest du mal aufhören, so geschwollen daherzulabern«, unterbricht ihn Danny. »Ich hab Durst.«
»Einen Augenblick Geduld noch, lieber Danny.« *Lieber* Danny? Ich traue meinen Ohren nicht. »Aber ich denke, die meisten von euch möchten nun doch gerne wissen …«, an dieser Stelle legt er eine wohl berechnete Pause ein, »warum sie eigentlich hier sind.«
Der letzte Halbsatz klingt ein bisschen wie eine Drohung, aber sicher täusche ich mich da. Alle gucken Lukas an, die Gläser noch immer in der Hand.
»Aber gut, lasst uns erst einen Schluck nehmen«, sagt er. »Einfach auf euch, weil ihr gekommen seid. Prost!«
Er führt das Glas an den Mund und nimmt einen kleinen Schluck. Ich selbst tue nur so, als ob ich trinke, befeuchte nicht mal meine Oberlippe. Meine Anspannung wächst. Auch die Gläser von Malte und Sara werden kaum leerer. Kevin und Danny lassen sich nicht lumpen und stürzen ihren Sekt in einem einzigen Schluck runter.
Lukas grinst und füllt ihnen schweigend nach. So gewinnt er erneut Zeit. Dieses Mal läuft Kevins Glas etwas über. Er und Danny greifen sofort wieder zu.

Maltes Blicke finden keinen Halt, alle zehn Sekunden wechselt er die Position. Auf seiner Stirn steht die Frage, was ausgerechnet er hier macht, was übrigens auch für mich noch immer ein Rätsel ist.
Warum Sara und ich hier sind, ist klar. Danny und Kevin wollen ihr Geld, das ist genauso klar, und inzwischen wittern sie die Zusatzchance, sich gratis zu besaufen. Aber Malte? Zwischen ihm und Lukas gab es bisher nicht die geringste Verbindung.
Plötzlich überzieht Lukas' Gesicht ein nachdenklicher Schatten. Mit einem Zeigefinger reibt er sein Kinn und schaut immer wieder von einem zum anderen.
»Ich weiß nicht richtig, wie ich anfangen soll«, erklärt er schließlich.
Sara knallt ihr Glas auf dem Tisch, der Sekt schwappt über den Rand, sie steht auf.
»Mir reicht es. Kevin hat richtig getippt. Du willst uns auf den Arm nehmen. Aber nicht mit mir.«
Lukas springt hoch, hält sie am Arm.
»Halt, warte«, sagt er einlenkend. »Du hast recht. Irgendwie muss ich jetzt wohl anfangen.«
»Keine Chance.« Sie schüttelt seine Hand ab. »Du hattest genug Zeit.«
»Bitte!«, fleht er. »Setz dich wieder. Ich schwör dir, dass ich euch nicht auf den Arm nehmen will. Und wenn es mir mit einer Sache ernst ist, dann mit dieser, ehrlich. Es ist nur so verdammt schwer, es auszusprechen.«
Nach kurzem Zögern setzt sie sich wieder.
»Aber wenn du nicht augenblicklich loslegst, bin ich weg.«
»Okay. Nur eins müssen wir vorweg noch klären. Das ist sehr wichtig, sonst macht das alles hier keinen Sinn.«
Sara verdreht die Augen.

»Los!«
Kevin schenkt sich und Danny nach. Entspannt lassen sie sich auf ihren Stühlen nach unten rutschen und grinsen.
»Ihr müsst mir versprechen«, fordert Lukas und schaut in die Runde, »nicht sofort zu verschwinden, wenn ich es gesagt habe.«
»Warum sollten wir das tun?«, fragt Sara genervt. »Wir sind schließlich freie Menschen.« Sie sitzt ganz vorne auf ihrer Stuhlkante, wie ein Vogel, der zum Abflug bereit ist.
»Weil ich es sonst nicht sagen kann«, erklärt Lukas. »Ich muss sicher sein, dass ihr es nicht weitererzählt. Absolut sicher.«
»Das war's dann wohl.« Sara springt auf. »Auf so was hab ich überhaupt keine Lust.«
»Nun bleib doch«, sag ich. »Was soll schon passieren? Bitte!«
Sie sieht mich kurz an und setzt sich wieder.
»Versprecht mir«, fordert Lukas, »dass ihr mindestens drei Stunden bleibt. Sonst kann ich nicht reden.«
»Warum gibt es hier eigentlich keine Mucke?«, fragt Danny völlig ohne Zusammenhang. Nicht mal Kevin geht auf ihn ein. »Ich denk, das ist 'ne Fete?«
»David?«, fragt Lukas mich.
Ich nicke. »Okay. Mindestens drei Stunden. Versprochen.«
»Sara?«
Sie nickt wortlos.
»Ihr beiden?«
»Ich hab zwar keine Ahnung«, meint Kevin, »was ich mit irgendeinem saublöden Abschied von dir zu tun hab, aber wir bleiben. Unter zwei Bedingungen: Frei saufen und die Kohle. Und Letzteres sofort.«
Ohne Umschweife zieht Lukas einen Zwanzig-Euro-Schein aus der Tasche und hält ihn Kevin hin. Der greift zu, als ginge es um sein Leben.

»Wir bleiben«, bestätigt er noch einmal. »Ehrensache.«
Danny grinst und nickt. »Na klar. Ehrensache. Hast du auch was anderes als dieses Gesöff? Davon wächst einem ja ein Fell im Maul.« Wieder geht keiner auf ihn ein.
»Malte?«, fragt Lukas stattdessen.
Malte ringt mit sich, das ist kaum zu übersehen. Schließlich siegt seine Neugier oder sein fehlendes Selbstbewusstsein. Er nickt ebenfalls.
»Versprochen.«
Lukas atmet hörbar auf.
»Also«, sagt er konzentriert. »Ich hab euch ja schon erzählt, dass dies hier eine Abschiedsparty ist. Meine Abschiedsparty.«
»Geil!«, ruft Danny dazwischen und kichert albern. »Endlich zischt der ab, Mann!«
»Ich …«, Lukas macht eine längere Pause, »vielleicht werde ich mich selbst töten.« Er grinst. »Vielleicht passiert aber auch was ganz anderes. Auf jeden Fall wird es ein Abschied.«
Sara steht sofort wieder auf. »Also, ich geh dann. Kommt jemand mit?«
Malte will die Chance nutzen. »Ich muss sowieso auch«, erklärt er leise.
»Nun bleibt sitzen!«, ruft Lukas. Es hört sich mehr nach Befehl an als nach Bitte. »Ich verarsche euch wirklich nicht. Und ihr habt versprochen, dass ihr bleibt. Vergesst das nicht.«
»Versprochen unter der Bedingung«, sagt Sara, »dass du redest …« Dann schaut sie noch einmal fragend zu mir herüber.
»Trotzdem«, sage ich, »bleib bitte. Er wird seine Gründe haben. Und gehen können wir schließlich immer noch.«
Obwohl ich kaum damit rechne, setzt sie sich tatsächlich wieder.
Malte schaut nervös zur Uhr.

»Nun komm, bleib auch«, sagt Sara und lächelt ein bisschen. »Gemeinsam stehen wir das hier durch.«

Damit ist auch sein Widerstand gebrochen. Und plötzlich ist da ein Ausdruck in Lukas' Gesicht, den ich gut kenne. Es ist viele Jahre her, dass ich ihn zum ersten Mal gesehen habe, aber ich hab ihn nicht vergessen. Es war der Moment, als meine Mutter ihn gelobt hat, weil er Paul gewickelt hat. Er triumphiert und kann es nicht verbergen. Oder er will es nicht. Genau wie damals jagt es mir auch heute kalte Schauer über den Rücken. Ich kann nichts dagegen tun. Gar nichts.

(9)

Seit Lukas mir damals die Geschichte von Cora erzählt hat, haben wir darüber geschwiegen. Mir war klar, dass nur ich davon wusste. Außer natürlich seine Familie und vielleicht ein paar eingeweihte Erwachsene. Keins der anderen Kinder aus dem Dorf hatte eine Ahnung. Das war etwas Besonderes zwischen ihm und mir, ein unausgesprochener Geheimbund.
Ich hatte ihn um Cora weinen sehen. Das machte das Besondere zu etwas Außergewöhnlichem. Größer als tausend Blutschwüre war ein Träneneid. Dadurch war Coras Tod immer zwischen uns. Auch ohne dass wir drüber reden mussten.
Nur ein einziges Mal noch hat Lukas etwas über Coras Tod erzählt: ein paar Jahre später, genau an jenem Tag, an dem Lukas Paul das Leben gerettet hat. Aber ich muss der Reihe nach erzählen, sonst komme ich durcheinander.
Paul war damals sechs oder sieben Jahre alt und ein ziemlicher Chaot. Irgendjemand beschwerte sich immer über ihn. Manchmal Nachbarn, manchmal Lehrer, mit irgendjemand hatte er immer Ärger.
Meine Mutter sagte: »Das geht vorbei; er probiert viel aus, das müssen Jungs in dem Alter«, und ähnliches Zeug. Wenn bei mir was war, reagierte sie übrigens immer viel weniger verständnisvoll.
In zwei Punkten hatte sie trotzdem recht: Erstens probierte er wirklich ziemlich viel aus, Hauptsache, es brachte ihm Ärger ein. Und zweitens ging diese Phase tatsächlich vorbei. Heute ist Paul eher brav.

Damals kam ich mit Lukas aus der Schule nach Hause. Es war ein knallheißer Sommertag kurz vor den Ferien. Als wir auf

unser Haus zugingen, glaubte ich, Gespenster zu sehen: Auf dem Dach hing, hilflos wie ein flügelloser Käfer mein Bruder Paul.
Er war aus dem Fenster seines Zimmers geklettert und hatte sich auf den Weg zu der großen Birke gemacht, die zwar vergleichsweise nah am Haus stand, aber trotzdem zu weit entfernt war, als dass man sie vom Fenster aus hätte erreichen können. Offenbar hatte ihn auf halber Strecke auf dem Dach liegend der Mut verlassen und nun traute er sich weder einen weiteren Millimeter vor noch zurück. Total erstarrt lag er, platt wie eine Scholle, auf den Ziegeln.
Ich war so erschrocken, dass ich zuerst keinen Ton rauskriegte. Anders Lukas, seine Augen leuchteten. Er schien fasziniert.
»Was macht der denn da?«, fragte er mich bekloppterweise, um gleich anschließend hochzurufen: »Hey, Paul, was machst du denn da?!«, was sich auch nicht viel cleverer anhörte.
Immerhin schaffte Paul es, den Kopf ein kleines Stück in unsere Richtung zu drehen, auch wenn er es nicht fertigbrachte, direkt nach unten zu gucken.
»Helft mir«, flehte er. »Schnell.« Es klang ziemlich jämmerlich.
»Geh doch einfach zurück zum Fenster«, riet ich ihm.
»Witzbold!«, rief er verzweifelt, wenn auch ziemlich leise.
»Vorwärts ging's doch auch«, schrie ich ratlos.
»Er ist in Panik«, flüsterte Lukas mir zu. »So kommen wir nicht weiter.«
»Warte!«, rief ich hoch. »Ich geh rein, wir holen die Feuerwehr!«
»Bist du beknackt?«, fragte Paul zitternd. »Warum nicht gleich die Bullen!?«
Er hatte in letzter Zeit so viel Mist gebaut, dass selbst die endlose Geduld unserer Mutter ziemlich am Ende war. Ihre

Reaktion auf dieses Abenteuer war leicht auszurechnen. Von unserem Vater ganz zu schweigen.
Trotzdem hatte ich keine andere Chance. Inzwischen war Paul sogar noch ein Stück weiter runtergerutscht. Es konnte nicht mehr lange dauern, bis er unten lag. Aus fünf Metern Höhe würde er ungebremst auf die Steinplatten knallen. Besser, er hielt mich bis ans Ende seines Lebens für einen Verräter, als dass er nie mehr dazu kam, mich überhaupt noch für irgendwas zu halten.
Im letzten Augenblick zog Lukas mich am Arm zurück.
»Warte«, sagte er. »Ich hol ihn da runter. Bis die Feuerwehr da ist, ist es wahrscheinlich eh zu spät.«
Diese Einschätzung war wohl nicht falsch, denn Pauls Ausflug geriet immer mehr zur Rutschpartie. Die Ziegel waren so glatt, dass er kaum noch Halt fand, so sehr er sich auch anstrengte.
»Scheiße!«, schrie er jetzt. »Hol doch die Feuerwehr! Aber schnell! – Verda…hammt!«
Mit dem letzten Wort rutschte er ein paar weitere Zentimeter in Richtung Abgrund.
»Lass es!«, rief Lukas, warf seine Schultasche zur Seite und rannte zur Birke. »Falls irgendwas schiefgeht, kannst du mir besser hier draußen helfen.«
»Hilfe!«, schrie Paul noch einmal.
Inzwischen waren auch die ersten Nachbarn aufmerksam geworden. Aber alle glotzten nur und keiner machte irgendwas. Dann brüllte doch noch einer, er werde augenblicklich die Feuerwehr rufen, und rannte in sein Haus.
Lukas wollte auf die Birke klettern. Aber am unteren Stamm gab es keine Äste, sodass er den Anfang nicht schaffte.
»Räuberleiter!«, rief er mir zu. »Schnell!«
Ich handelte wie ein Automat, rannte zu ihm und verschränk-

te meine Hände ineinander. Nach ein paar Versuchen schaffte er den Anfang und mit ein paar gezielten Griffen kam er schnell zur Dachrinne. Zum Glück war sie so stabil, dass er sich an ihr hochziehen konnte. Dann lag auch Lukas auf den Ziegeln, ungefähr drei Meter von Paul entfernt. Wenn er seinen linken Arm so weit wie möglich ausstreckte, fehlten vielleicht noch dreißig Zentimeter zu Pauls Fingerspitzen. Aber in genau diesem Augenblick glitt Paul wieder ein ganzes Stück nach unten.

»Lass dich noch ein bisschen tiefer rutschen«, rief Lukas ihm zu. »Bis du auf der Dachrinne stehst.«

»Bis du bescheuert?!«, schrie Paul verzweifelt. »Dann flieg ich doch runter!«

»Du fliegst nicht runter«, meinte Lukas entschieden.

Ich fragte mich, woher er diese Sicherheit nahm, hielt aber meine Klappe. Paul machte jetzt, was Lukas gesagt hatte. Schließlich standen sie beide mit den Füßen auf der Dachrinne, weiter flach nach vorne auf die Ziegel gelegt.

»Sehr gut«, meinte Lukas ruhig. »Und jetzt kommst du einfach Schritt für Schritt näher, bis zu meiner Hand, ganz langsam. Der Rest ist'n Witz.«

Aber der beste Witz war der letzte Satz selbst. *Bevor* Paul bei Lukas' Hand ankam, wäre er zweimal fast vom Dach geflogen, weshalb er inzwischen auch heulte. Ungefähr eine Minute später waren beide bei der Birke angekommen. Noch nie hab ich Paul bei irgendwas so schnell gesehen wie jetzt beim Runterklettern. Bis die Feuerwehr auftauchte, dauerte es fast noch zehn Minuten, und Paul hatte sich inzwischen längst verdrückt.

Später meinte Lukas zu mir, wie froh er darüber sei, dass er Paul habe retten dürfen. Er sagte wirklich *froh* und *dürfen,* was ich ziemlich komisch fand. Deswegen erinnere ich mich wahrscheinlich auch noch so genau daran.

»Irgendwie hab ich noch immer ein schlechtes Gewissen«, erklärte er.
»Wieso das denn?«
»Wegen damals«, sagte er, »als er mir von der Rutsche gefallen ist. Weißt du nicht mehr?«
»Klar doch, aber …«
»Manchmal«, unterbrach er mich, »stell ich mir vor, die Sache wäre anders gelaufen. Er hätte sich schwer verletzt oder so oder wäre sogar tot. Schließlich ist er voll auf den Kopf geknallt.«
»Aber du konntest doch nichts dafür«, sagte ich.
»Ich hab nicht gut aufgepasst«, meinte er leise. »Und vielleicht hab ich das damals auch nicht bei Cora. Manchmal denk ich, wenn ich besser auf sie aufgepasst hätte, wäre sie vielleicht nicht tot.«
Ich wusste nicht, was ich dazu sagen sollte, und hielt lieber meine Klappe. Keine Ahnung, was Lukas gemacht hätte, wenn ihm an diesem Tag Paul auch noch vom Dach gefallen wäre.

(10)

»Das war jetzt Quatsch, oder?«
Malte klingt nicht wirklich überzeugt.
»Geiler Gag«, meint Danny und schlägt sich auf die Schenkel vor Vergnügen. »Er bringt sich um. Echt abgefahren so was. Er macht sich selbst kalt. Wär doch zu stark, Mann.«
Sara schaut Lukas einfach nur an. Der guckt zurück, bleibt ebenfalls stumm.
»Wann gibt's endlich was Richtiges zu saufen?«, will Danny wissen. »Hast du kein Bier da? Ich denk, das ist 'ne Party hier? Oder, Kevin, hat er doch gesagt?«
»Jetzt halt mal die Klappe!«, blafft Kevin ihn an. Auch er wartet auf Lukas' Erklärung. Das beste Zeichen dafür, dass er Lukas nicht kennt. Ich kenne ihn.
»Ich finde, er hat ganz recht.« Lukas steht auf und klopft Danny munter auf die Schulter. »Wir sind hier, um zu feiern. Schließlich sind wir keine Trauergemeinde.«
Danny fühlt sich bestätigt. »Siehst du«, sagt er erfreut.
»Holst du die Kiste Bier aus der Küche, David?«, fragt Lukas. »Ich mach dann mal ein bisschen Musik an.«
Zusammen gehen wir ins Haus. Sara sieht mich vorwurfsvoll an, sagt aber nichts.
»Bier«, meint Danny stumpf. »Geil.«
»Lustig, oder?«, fragt Lukas mich drinnen. Er durchwühlt einen Stapel CDs. »Jedenfalls wird es noch lustig, das verspreche ich dir.«
Also ist das Quatsch mit dem Selbstmord, will ich sagen, schweige aber instinktiv. Lukas hat die CD gefunden, es ist eine von Adam Green, auch einem seiner Lieblingssänger. Ich verkrümel mich in die Küche, um das Bier zu holen.

Als ich auf dem Rückweg an der Haustür vorbeikomme, klingelt es. Ich öffne und Schröder steht davor. Um zu wissen, warum er da ist, bräuchte ich nicht mal die Fotos in seiner Hand zu sehen. Auch wenn er eher unsicher wirkt als entschlossen oder wütend. Zusätzlich verwirrt ihn die Kiste Bier in meiner Hand.
»Ist Lukas nicht zu Hause?«
»Doch, na…natürlich«, stottere ich. »Mo…Moment.«
Ich lass ihn draußen stehen und brülle Lukas' Namen ins Haus. Aber die Musik ist so laut, dass er mich nicht hören kann. Also lasse ich die Kiste stehen und gehe ins Wohnzimmer, wo Lukas gerade ein paar einsame Tanzschritte à la Adam Green mit geschlossenen Augen macht. Ich drehe die Musik leiser.
»Schröder ist da«, sage ich aufgeregt.
»Will er sich über die Musik beschweren?«, fragt Lukas und dreht wieder auf.
»Quatsch! Natürlich ist er wegen der Fotos hier.«
»Welche Fotos?«
Er macht die Augen wieder zu und tanzt weiter.
»Wo bleibt das Bier?!«, brüllt Danny von der Terrasse. »Ich hab Durst.«
Ich stelle wieder leiser.
»Welche Fotos wohl?«, frag ich genervt. »Vielleicht seine Urlaubsbilder vom letzten Jahr?«
»Warum lässt du ihn nicht rein?«, meint Lukas grinsend. »Ich hab dir doch gesagt, es wird noch lustig. Könnte doch schon mal ein Anfang sein. Ist aber ganz bestimmt keiner, wenn du ihn draußen stehen lässt.«
In diesem Moment geht die Tür auf und Schröder steht im Wohnzimmer. Er hat nicht nur die Bilder mitgebracht, sondern auch seine Unsicherheit. Mit hängenden Armen, den

Blick auf den Boden gerichtet, steht er da und könnte einem fast leidtun.
»Hallo, Herr Schröder!«, begrüßt Lukas ihn überschwänglich. »Schön, dass Sie da sind. Ich hab Sie schon erwartet. Die beiden, die Sie suchen, sind auch bereits hier. Kommen Sie doch mit auf die Terrasse, da sitzen sie.«
Es ist offensichtlich, dass Schröder am liebsten weglaufen würde. Wahrscheinlich hat ihn seine Frau geschickt. Er weiß weder, wie er reagieren soll noch was da draußen auf ihn zukommt.
»Und die Frau Gemahlin?«, fragt Lukas übertrieben freundlich. »Wie immer freitags beim Kegeln? Sonst holen Sie sie doch auch rüber, wir feiern ein bisschen.«
Schröders Verwirrung steigt.
»Nein, nein«, wehrt er ab. »Zum Feiern bin ich natürlich nicht gekommen. Und ja: Sie ist beim Kegeln.«
Lukas stellt die Musik wieder lauter, legt eine Hand auf Schröders Schulter und schiebt ihn Richtung Terrasse vor sich her.
»Holst du schon mal das Bier?«, sagt er zu mir. »Herr Schröder hier möchte bestimmt auch eins.«
»Nein danke, ich …«
Draußen stellt Lukas Schröder mit lauter Stimme vor. Als ich zurückkomme, hat er ihn schon auf einen Stuhl gedrückt. Danny schnappt sich zwei Flaschen aus der Kiste.
»Bringst du für Herrn Schröder bitte auch ein Fläschchen mit?«, fragt Lukas hyperfreundlich. »Er hat ganz sicher Durst.«
»Klar«, meint Danny. »No problem.«
Schon hält er dem überforderten Schröder eine Flasche hin.
»Und?«, meint Lukas. »Soll Herr Schröder sie vielleicht aufbeißen?«

»Ach so, äh«, stammelt Danny, öffnet die Flasche mit den Zähnen und gibt sie Schröder grinsend zurück. »Hier, bitte.«
Endlich wird es Schröder zu bunt. Beim Versuch, die Flasche zur Seite zu schieben, schlägt er sie Danny aus der Hand. Mit einem satten Geräusch zerplatzt sie auf den Steinen.
»Oh«, entfährt es Danny, Schröder und Lukas im selben Moment.
»Das wollte ich nicht«, sagt Schröder. »Aber ...«
»Und warum«, fragt Danny, »haben Sie's dann gemacht?«
Aggressiv baut er sich vor Schröder auf. Ausgerechnet Malte, der mit der ganzen Sache überhaupt nichts zu tun hat, springt hoch und sammelt die Scherben auf.
»Lass gut sein, Danny«, schaltet Kevin sich ein. »Ist doch sein Problem, wenn er kein Bier will. Bleibt umso mehr für uns. Auch wenn die Flasche jetzt natürlich kaputt ist.«
Das Argument scheint Danny zu überzeugen. Wohlwollend klopft er Schröder auf die Schulter.
»Nix für ungut, Alter. Hast ja auch schon jemand gefunden, der deinen Mist wieder wegmacht. Was ist das überhaupt für 'ne Schwuchtel? Passt irgendwie zu dir, Lukas.«
Kevin lacht begeistert und Danny freut sich darüber.
»Lass liegen«, meint Lukas gönnerhaft zu Malte. »Ich hol gleich einen Besen.«
Zögernd kommt Malte aus der Hocke hoch und setzt sich wieder. Schröder fällt ein, warum er überhaupt gekommen ist.
»Das sind doch die beiden von den Fotos, oder?«, fragt er, bemüht, seiner Stimme einen schärferen Tonfall zu verleihen. Er zeigt auf Kevin und Danny.
»Hm«, sagt Lukas, »zeigen Sie doch noch mal her. Ich weiß gar nicht mehr ...«
Verwirrt reicht Schröder ihm die Fotos. Lukas betrachtet sie eingehend und reicht sie dann weiter an mich.

»Also ich«, meint er und reibt sich das Kinn, »glaube schon, dass sie es sind. Was meinst du, David?«
Ich werfe keinen Blick auf die Bilder.
»Natürlich sind sie das«, erkläre ich. »Was soll der Scheiß?«
»Ich war mir nur nicht sicher«, meint Lukas ernst. »Und in solchen Fällen soll man ja keine vorschnellen Aussagen machen, hab ich gehört. Sonst belastet man vielleicht Unschuldige.«
Er macht eine Pause und Adam Green singt *Times are bad*.
»Aber fragen wir die beiden doch selbst«, fährt Lukas munter fort. »Sie sitzen ja hier. Und haben noch nicht so viel getrunken, dass sie sich selbst nicht mehr erkennen können, nehme ich an.«
»Schluss jetzt mit dem Unsinn!« Schröder ist am Ende seiner Beherrschung. Vor unterdrückter Wut läuft er knallrot an. »Natürlich sind das die beiden hier. Daran kann es keinen Zweifel geben.«
»Wenn Sie meinen ...« Lukas macht eine Geste, als habe er nun wirklich alles versucht, die Situation zu retten. »Bitte schön!«
»Also«, wendet Schröder sich direkt an Kevin und Danny, »warum habt ihr das gemacht?«
»Hä?«, Kevin ist fassungslos. »Was will der denn von uns? Warum haben wir was gemacht, zum Teufel?«
»Warum habt ihr den Reifen an meinem Auto zerstochen?«
Mit diesen Worten knallt Schröder die Fotos auf den Tisch. Einen Moment lang sind alle sprachlos. Sara fasst sich als Erste wieder. Sie nimmt die Bilder vom Tisch.
»Das kann echt nicht wahr sein«, sagt sie. »Die zerstechen ja tatsächlich den Reifen.«
Kevin reißt ihr die Fotos aus der Hand.
»Was ist das denn für eine Scheiße?!«, ruft er.

»Ich geh eine Runde tanzen«, sagt Malte leise und verzieht sich ins Haus.
»Ich auch!«, erklärt Sara. »Das ist mir echt zu blöd.« Stinksauer zieht sie ab.
»Und das nicht nur einmal«, meint Schröder tonlos, als die beiden verschwunden sind.
»Hey! Jetzt reicht es aber, Alter!« Wütend springt Kevin auf. »Ich hab keine Ahnung, woher du diese Bilder hast. Echt nicht. Aber was soll das denn heißen, verdammt: *Nicht nur einmal*?«
»Also gebt ihr zu«, fragt Schröder erstaunlich sachlich, »dass ihr das seid auf den Bildern?«
»So kann man das auch wieder nicht sagen«, meint Kevin verunsichert.
»Nein?«, hakt Schröder nach. »Und wie kann man es sagen?« Er legt einen Gang zu, sein Selbstbewusstsein steigt.
»Du nervst!«, schaltet Danny sich aggressiv ein. »Ich versteh kein Wort.«
»Er will wissen, wie man es sagen kann«, meint Lukas gelassen. »Das ist doch nun wirklich nicht so schwer zu verstehen, oder?«
»Ich finde das ziemlich dreist«, sagt Kevin. »Du gibst hier 'ne Party, und der Typ tanzt an und verdächtigt deine Gäste, seinen blöden Reifen zerstochen zu haben. Das ist doch voll daneben.«
»Jetzt reicht es mir aber!« Völlig unvermittelt springt Schröder auf und schreit aus vollem Hals.
Alle starren ihn erschrocken an. Sein Gesicht ist so rot, dass es fast schon blau ist. An seinem Hals sind ein paar Adern fingerdick angeschwollen.
»Es ist doch eindeutig, dass ihr das seid auf den Fotos! Ihr …«, er sucht nach dem richtigen Wort, » … ihr Verbrecher! Ich

will jetzt sofort eure Namen haben und dann gehe ich zur Polizei und zeige euch an!«
»Was hat der denn?«, fragt Danny überrascht. »Spinnt er jetzt total oder was?«
»Klarer Fall«, meint Kevin, »der hat sie nicht mehr alle, kein Zweifel.« Mit diesen Worten steht er auf, geht zu Schröder, packt ihn am Kragen. »Wenn du zu den Bullen gehst«, zischt er ihn an, »bist du tot.«
Das Bild ist absurd: Schröder ist mindestens einen Kopf kleiner als Kevin und viel schmaler. Seine Gegenwehr ist nur ein hilfloses Zappeln. Lukas beobachtet die Szene fast neugierig.
»Ist das klar?!«, schreit Kevin Schröder an. »Du hörst jetzt auf mit dem Scheiß hier!« Speicheltropfen fliegen aus seinem Mund direkt in Schröders Gesicht, der sich daraufhin gezwungenermaßen beruhigt. Es ist, als ob jemand die Luft aus ihm selbst rausgelassen hätte. Kevin lässt ihn auf den Stuhl zurückfallen. Und plötzlich fängt Schröder zu heulen an wie ein kleines Kind.
»Was hat der denn jetzt schon wieder?« Kevin ist ratlos. »Ich hab ihm doch gar nichts getan. Das habt ihr doch gesehen, oder?«
Schröder sitzt da wie ein Häufchen Elend. Völlig in sich zusammengesackt, schluchzt er vor sich hin. Lukas geht zu Kevin und legt beruhigend eine Hand auf seinen Arm.
»Nimm dir noch ein Bier«, sagt er. »Und setz dich wieder.«
Dann geht er neben Schröder in die Hocke und legt einen Arm um seine Schulter. Es sieht aus, als wolle er ihn trösten, aber dann sagt er: »Und so ein kleines, trübes Licht wie du hat mir so manchen schönen Tag meiner Kindheit versaut. Ich fass es nicht.«
Schröder stellt das Schluchzen ein. Er glaubt, nicht richtig gehört zu haben.

»Was habe ich?«, fragt er. »Was redest du denn da?«
»Wer hat sich denn wegen jeder Kleinigkeit bei meinen Eltern beschwert? Wegen jedem Ball, der mal ins Blumenbeet gefallen ist? Jedes Mal, wenn die Musik auch nur einen Fatz zu laut war? Wer war das denn, Herr Schröder, wenn nicht Sie?«
»Ach, das meinst du.« Schröder scheint erleichtert, dass Lukas nur von solchen Kleinigkeiten spricht. »Aber das war doch nichts Besonderes. Ganz normale Dinge unter Nachbarn. Findest du nicht?«
»Nein«, entgegnet Lukas leise und freundlich. Eine Spur zu leise, einen Tick zu freundlich. »Das finde ich nicht, Herr Schröder. Das finde ich überhaupt nicht. – Aber Sie haben schon recht. Im Vergleich zur eigentlichen Sache sind das natürlich nur Peanuts.«
Sein Gesicht ist jetzt ganz nah an dem von Schröder.
»Wovon redest du, Lukas? Was willst du von mir?«
»Nicht viel, Herr Schröder«, flüstert er. »Eigentlich fast gar nichts. Ich wollte Sie nur dabeihaben auf meiner Abschiedsparty. Und da Sie sicher nicht gekommen wären, wenn ich Sie einfach eingeladen hätte, habe ich diesen Weg gewählt.«
»Welchen Weg?«, fragt Schröder. »Jetzt sag doch endlich, wovon du sprichst!«
Lukas atmet tief durch und sieht uns andere genervt an.
»Er hat es immer noch nicht gecheckt.«
»Was soll er denn checken?«, fragt Danny, halb amüsiert, halb verblüfft, und leert die halbe Flasche Bier in einem Zug. Es sieht aus, als ob ihm das Zeug aus den Augen gleich wieder rausläuft, so glasig sind sie.
»Und, Kevin, hast du es wenigstens gecheckt?«
»Halt's Maul, Spinner!«
»Oh Mann, ihr enttäuscht mich, ehrlich. So schwer ist es doch gar nicht, oder?«

Zwar schaut er jetzt mich an, aber er erwartet keine Antwort.
»Er hat nicht gecheckt«, gibt er schließlich gedehnt preis, »dass natürlich ich es war, der ihm immer wieder die Reifen seines heiß geliebten BMW zerstochen hat.«
Vier Augenpaare ruhen ungläubig auf Lukas, der einen nach dem anderen freundlich anlächelt.
»Na, war es so schwer?«, fragt er nachsichtig.
Kevin ist der Erste, der seine Sprache wiederfindet.
»Wie, du?«, fragt er. »Bist du das jetzt auf einmal auf den Bildern oder was?«
Ungeduldig schlägt Lukas sich die flache Hand gegen die Stirn und schnellt aus der Hocke hoch.
»Ich fass es nicht! Wer hat euch denn gesagt, dass ihr das machen sollt? Na, nur raus mit der Sprache! Keine Hemmungen.«
»Du hast es uns gesagt«, meint Danny stumpf. »Du hast gesagt, wir kriegen dann die Kohle. Stimmt's, Kevin?«
»Halt's Maul!«
»Sehen Sie!«, ruft Lukas begeistert in Schröders Richtung. »Da hören Sie es selbst. Ich habe es ihnen gesagt. Ich und kein anderer. Die waren einfach nur mein Werkzeug.« Er platzt fast vor Stolz. »Und die anderen Male, da hab ich es gleich selbst gemacht. Ist ja nicht besonders schwer. Aber ich bin halt ein sozialer Typ und wollte, dass auch mal andere was davon haben. Sagen wir, ansonsten Unterprivilegierte, die nichts vom Leben haben. Ist ja ein Riesenspaß, wenn es so schön zischt!«

(11)

»Ich zeig euch an«, erklärt Schröder sachlich. »Alle drei.« Er scheint jetzt wieder recht gefasst und steht auf.

»Glaubt nicht, dass ihr ungeschoren davonkommt«, sagt er mit verhaltener Wut und will aus dem Garten verschwinden.

Verdutzt sieht Kevin Lukas an.

»Der kann doch hier nicht einfach so abzischen!«

»Kann er nicht?«, fragt Lukas gelassen.

»Der macht das«, sagt Kevin. »Der Arsch rennt zu den Bullen.«

»Jede Wette«, bestätigt Lukas, »dass er es tut. Aber mir ist es egal. Ihr wisst, warum. Heute ist mein letzter Tag, aber an eurer Stelle würde ich ihn davon abhalten. Das wird sonst sicher nicht lustig.«

»Idiot. Komm, Danny!«

Gleichzeitig springen sie hoch und rennen Schröder hinterher.

»Na«, meint Lukas lächelnd zu mir, »da bin ich ja mal gespannt.«

»Ich checke gar nichts mehr«, gebe ich zu.

Frozen in time, singt Adam Green. Malte und Sara tanzen drinnen jeder für sich. Lukas sieht mich ungläubig an.

»Wie?«, fragt er. »Was checkst du nicht? Ist doch alles sonnenklar.«

»Findest du?«

»Allerdings«, meint Lukas. »Du musst nur davon ausgehen, dass ich keinen Quatsch mache, wenn ich sage, dass dies hier meine *Abschieds*party ist. Es ist kein Scherz oder so was. Ich vermute, das glaubst du mir nicht so richtig.«

»Natürlich nicht«, sage ich bestimmt.

»Siehst du, David«, meint er. »Und genau das ist dein Fehler. Deshalb checkst du auch nichts. – Aber sag mal, wo bleiben die denn? Sie werden den Guten doch nicht etwa … Moment, ich schau mal nach.«

Völlig bedeppert bleib ich zurück und geh erst mal ins Wohnzimmer.

»Tanzen wir zusammen?«, fragt Sara mich.

»Kann ich nicht.«

Sie sagt nicht: »Quatsch! Natürlich kannst du es«, oder so was, sondern fasst einfach meine Hand und zieht mich auf die Tanzfläche. Ohne mich wieder loszulassen, bewegt sie sich so selbstverständlich zur Musik, dass ich automatisch mitmache.

»Siehst du«, sagt sie und lächelt ein bisschen. So ganz aus der Nähe sind ihre Augen der Hammer. Ich rieche ihren leichten Duft nach Wiese und Blumen und diesem Zeug. Dann kommt sie noch näher. Vorsichtig legt sie eine Hand auf meine linke Schulter und ihr Kinn auf die rechte.

Und ehe ich es richtig kapiert habe, tanzen wir zusammen. Der Song ist ruhig, wir bewegen uns langsam. Es ist irre, ihren Körper überall an meinem zu spüren. Ihre Brust an meiner, dazwischen nur der dünne Stoff unserer T-Shirts. Meine Hand legt sich wie von selbst um ihre Hüfte. Es fühlt sich so gut an, dass ich das am liebsten noch ein bisschen fester tun würde, bin aber nicht sicher, ob sie das auch will.

»Was wird das hier eigentlich«, flüstert sie, »wenn es fertig ist?«

Ihr Atem kitzelt angenehm mein Ohr.

Kurz denke ich etwas anderes, aber dann ist mir klar, dass sie von der Party spricht und nicht von uns beiden.

»Meint er ernst«, fragt sie, »was er sagt?«

»Quatsch«, antworte ich. »Du kennst ihn doch.«

»Tu ich das?« Skeptisch schaut sie mich an. »Kennst *du* ihn denn?«

Ich sage nichts. Keine Antwort ist manchmal auch eine.

»Ich dachte immer, er wäre dein Freund«, sagt Sara.

»Und du bist in ihn verknallt«, entfährt es mir.

»Wie bitte?« Sie hält mitten in der Bewegung inne.

»Das sieht ja wohl ein Blinder«, behaupte ich.

»Wie kommst du denn darauf, um Himmels willen?«

»Keine Ahnung. Hab ich einfach so gedacht.«

Ich fühl mich plötzlich viel leichter. Eine Weile tanzen wir wortlos.

»Er hat gemeint«, sage ich schließlich, »dass er was gegen die Langeweile machen will. Mehr ist es nicht.«

»Na, das ist ihm immerhin geglückt«, meint sie und lächelt mich so komisch an. Dann wird sie wieder ernst: »Also redet er Schwachsinn. Er hat nicht vor, sich umzubringen?«

»Natürlich nicht«, sage ich, »warum sollte er das tun? Ausgerechnet Lukas? Ist doch überhaupt nicht der Typ dafür.«

»Wo ist dieser Nachbar eigentlich?«, fragt Sara.

»Weg«, sage ich unbestimmt.

In diesem Moment tauchen Lukas, Kevin und Danny geschlossen wieder im Garten auf.

»Ein Herz und eine Seele«, spottet Sara.

Lukas stellt sich in die Tür und schaut uns beim Tanzen zu. Das heißt, er schaut Sara zu.

»Kommt ihr alle?«, sagt er schließlich. »Es geht weiter!«

»Was geht weiter?«, fragt Malte unsicher.

»Keine Ahnung«, sagt Sara. »Ich weiß nur eins: Der Typ leidet an Größenwahn.«

(12)

I wanna die. I wanna choose to die.

»Ich finde es echt klasse von euch«, sagt Lukas, als wir wieder draußen sitzen, »dass ihr alle noch hier seid.« Er schaut in die Runde. »Dass ihr alle geblieben seid, obwohl mir klar ist, dass euch manches hier ein bisschen seltsam vorkommen muss.«

»Ein bisschen ist gut«, sagt Sara.

»Ich will euch jetzt nicht länger schmoren lassen. Es gibt da nur zwei Probleme.«

Sara verdreht genervt die Augen. »Wenn das jetzt wieder losgeht«, sagt sie, »bin ich weg. Aber diesmal endgültig.«

»Was ganz besonders schade wäre«, meint Lukas.

»Alter«, wirft Danny ein, »du nervst total. Du laberst den totalen Schwachsinn.«

»Schnauze!«, zischt Kevin ihn an.

»Danke!«, sagt Lukas freundlich. »Solche Störungen bringen mich nur immer wieder aus dem Konzept. Es wäre mir also schon lieb, wenn du deinen Kumpel ein bisschen zur Raison brächtest.«

»Wozu sollst du mich bringen?«, fragt Danny hohl.

Kevin boxt ihm kurz und hart auf den Oberarm.

»Du sollst deine verdammte Klappe halten«, sagt er gereizt. »Ganz einfach, Mann.«

»Wo war ich stehen geblieben?«, fragt Lukas zerstreut.

»Die zwei Probleme.« Malte ist auf dem Laufenden.

»Richtig, danke. – Also, erstens weiß ich noch immer nicht, wo ich am besten anfange. Und zweitens finde ich, wir sollten alle noch mal unsere Gläser füllen, bevor es weitergeht. Dann plaudert es sich besser.«

My mouth is a liar, kommentiert Adam Green, als Lukas im

Haus verschwindet. Kurz darauf kehrt er mit zwei neuen Sektflaschen zurück.

»Ich hoffe«, sagt er, »ihr seid alle zufrieden und fühlt euch wohl bei mir.«

»Alles in Ordnung«, meint Malte, dem man als Erstem anmerkt, dass er nicht mehr ganz nüchtern ist.

»Wo ist Schröder eigentlich?«, frage ich.

»Zu Hause.« Lukas handelt das Thema so kurz wie möglich ab. »Aber natürlich fragt ihr euch alle, wieso ausgerechnet ihr eingeladen seid zu meiner Abschiedsparty.«

Niemand widerspricht, was kein Wunder ist.

»Das Einfachste wäre, ich sage es euch. Aber das Einfachste ist auch immer das Langweiligste. Daher hab ich mir etwas anderes ausgedacht. Etwas Unterhaltsames.« Er schaut von einem zum anderen. »Ein Ratespiel.«

»Wie in der Glotze!«

»Genau, Danny, wie im Fernsehen. Du hast es erfasst. Du bist ein schlaues Kerlchen. Nur dass ihr keinen Telefonjoker habt oder so was. Ihr habt überhaupt keinen Joker.«

I'm just closer to death than ever ...

»Damit wir loslegen können, möchte ich euch bitten, näher an den Tisch zu rücken.«

Alle rücken brav mit ihren Stühlen nach vorne. Nur Lukas selbst bleibt sitzen wie vorher.

»Unter der Tischplatte«, fährt er fort, »klebt an jedem Platz ein Zettel. – Ihr könnt jetzt ruhig nachschauen.«

Fünf Sekunden später sitzen wir jeder mit einem zusammengefalteten Blatt Papier da, das mit Tesastreifen unter der Tischplatte festgeklebt war. Ich staune Bauklötze: Lukas hat das alles hier *vorbereitet*.

»Faltet sie jetzt auseinander«, sagt er, »und seht nach, was draufsteht.«

Es sind dreimal gefaltete DIN-A4-Bögen, mit je einem Wort beschriftet. Die Wörter sind unsere Namen. Auf meinem steht *Danny*.

»Bevor wir endgültig loslegen«, erklärt Lukas weiter, »lasst mich noch etwas über die Regeln sagen. Das gesamte Spiel besteht aus vier Raterunden. In jeder Runde gibt's zwischen null und fünf Punkte für jeden von euch. Am Ende kann man also wie viele Punkte haben, Danny?«

»Äh, zwanzig?«

»Super! Hervorragend aufgepasst. Zwanzig Punkte ist die maximale Punktzahl. Wie viele Punkte es jeweils gibt, entscheidet der Schiedsrichter.«

Sara wirft mir einen genervten Blick zu. Aber sie ist auch neugierig, was noch kommt, genau wie ich selbst.

»Der Schiedsrichter bin natürlich ich«, sagt Lukas. »Das ist genau wie im richtigen Leben: Die Macher haben die Macht. Vielleicht kommt das Wort sogar daher. *Macht* von *machen*, verstehst du, Danny?«

»Leck mich!« Danny will aufstehen, um sich eine neue Flasche zu holen.

»Halt!«, befiehlt Lukas scharf. »Sitzen bleiben. Ich geb dir ein neues Bier. Es gehört zu den Regeln, dass ihr alle sitzen bleibt, solange eine der Raterunden läuft.«

Er stellt Danny, der tatsächlich sitzen bleibt, eine neue Flasche hin.

»Am Ende hat natürlich derjenige mit den meisten Punkten gewonnen. Alles klar? Oder habt ihr noch Fragen?«

Überraschend meldet sich Sara zu Wort: »Was hat man davon, zu gewinnen?«

»Sehr gute Frage«, meint Lukas. »Aber ich möchte euch bitten, in diesem Punkt noch etwas Geduld zu haben und mir zu vertrauen. Es würde die Spannung verderben, wenn ich euch jetzt schon verrate, um was es bei unserem kleinen Spielchen geht.«

Abwartend schaut er von einem zum anderen, keiner reagiert.

»Also okay«, sagt er erleichtert. »Los geht's. – Ich hoffe, keiner hat seinen eigenen Namen gezogen? – Prima, dann brauchen wir nicht mehr zu tauschen. Die erste Aufgabe besteht darin zu erraten, warum derjenige, der auf eurem Zettel steht, zu meiner kleinen Party eingeladen wurde. Ihr habt fünf Minuten Zeit, die Lösung aufzuschreiben.«

»Wie in der verdammten Schule«, zischt Kevin.

»Die Punkte vergebe ich danach«, sagt Lukas, »wie nah einer an der Lösung dran ist. Und garantiert ohne Ansehen der Person. Okay?«

Abwartend schaut er in die Runde, keiner entgegnet etwas.

»Ich gehe jetzt ins Haus, um euch nicht zu stören. Aber nach exakt fünf Minuten ist time over, schön dran denken. Dann werden die Stifte fallen gelassen.«

Er drückt jedem einen Kugelschreiber in die Hand und verzieht sich ins Haus. Die Musik wird lauter.

Baby come dance with me
On TV at the TV station

»Ach, eins noch …« Noch einmal dreht er die Musik leiser und kommt zurück. »Natürlich muss ich eure Handys einsammeln. Sonst kommt noch jemand auf die Idee, sich Hilfe von außerhalb zu holen. Und schließlich wollen wir fair bleiben, oder?«

Später wundere ich mich darüber, wie bereitwillig jeder von uns tatsächlich sein Handy rausrückte. Aber zu diesem Zeitpunkt schien die Situation noch harmlos, und ich glaube, keiner von uns hat sich wirklich etwas dabei gedacht. Es war nichts weiter als Teil eines zwar seltsamen, aber harmlosen Spiels. Sara ist die Einzige, die ihr Handy zu Hause hat liegen lassen. Alle anderen übergeben Lukas ihr Telefon – ohne mit der Wimper zu zucken.

(13)

Von Schröder hab ich während all der Jahre, die wir hier leben, nie viel mitgekriegt. Innerhalb des Dorfes führte er ein eher zurückgezogenes und unauffälliges Leben.
Er ist zum zweiten Mal verheiratet, und alle reden davon, dass er zu Hause nicht viel zu sagen hat, was glaubwürdig ist. Er ist maximal eins sechzig groß und so dünn, dass man bei jedem Windstoß Angst um ihn haben kann. Er trägt einen gestutzten Vollbart. Der Rest seines Gesichtes steckt hinter einer riesigen eulenhaften Brille. Seine Frau ist größer, dicker und lauter als er. Sie haben keine Kinder.
Ich weiß, dass er seltene, aber bemerkenswerte Tobsuchtsanfälle bekommt. Und ich erinnere mich, dass in der Vergangenheit manchmal Lukas das Ziel dieser Anfälle war. Wenn ein Ball in seinem Garten landete und dort in sein Blumenbeet oder an sein Auto flog, darauf reagierte er allergisch. Von daher kann ich halbwegs verstehen, dass Lukas ihn nicht gerade lieb hat. Dass es ihm Spaß macht, ihm eins auszuwischen.
Aber soviel ich weiß, hat Schröder ihm nie wirklich etwas getan. Über seine Anfälle haben wir uns im Grunde immer nur lustig gemacht. Lukas war gut darin, Schröder zu imitieren. Original Schröder, sprang er dann wie ein Känguru durch den Garten. Ich fand das alles meistens nur witzig und Lukas, wie ich immer dachte, auch.
Vielleicht liege ich aber auch falsch und es gibt da noch ganz andere Dinge zwischen den beiden. Dinge, von denen nur sie selbst etwas wissen. Manchmal hatte ich in der Vergangenheit schon ein komisches Gefühl. Ungreifbar, aber auch nicht vom Tisch zu wischen. Ein Gefühl, lieber weglaufen zu wollen als dazubleiben, wenn die beiden in der Nähe waren.

Und genau dieses Gefühl hatte ich auch wieder, als Schröder plötzlich auf Lukas' Abschiedsparty aufgetaucht ist.

An Lukas' zehntem Geburtstag packte uns nach dem Kakaotrinken die große Langeweile. Wenn sein Vater nach Hause kam, würde der wie immer noch ein paar Spiele mit uns spielen, Topfschlagen und so, aber bis dahin waren es noch zwei Stunden.
Ich weiß noch ganz genau, dass es der zehnte und nicht der elfte oder neunte Geburtstag war. Lukas bestand nämlich darauf, dass wir alles, was wir machten, zehn Mal machten. Nicht elf Mal und nicht neun Mal. Exakt zehn Mal, das war wichtig. Solche komischen Ideen hatte er manchmal. Sie gehörten zu ihm wie Paul zu mir.
Bis es mit dem Kakaotrinken losging, sollten wir alle ihm zehn Mal gratuliert haben. Und jeder von uns musste während des Kakaotrinkens genau zehn Mal etwas nehmen. Egal ob Keks, Kuchen oder einen Becher Kakao. Jeder sollte selbst darauf achten, dass er die Zahl genau einhielt. Alle spielten treu und brav mit, weil es Spaß machte.
Nach dem Kakaotrinken vertrieben wir uns die Zeit mit kleinen Streifzügen durchs Dorf. Übrigens waren wir fünf Kinder. Eigentlich hatte Lukas zehn einladen wollen, aber das hatte seine Mutter ihm verboten. Also hatte er die Zahl kurzerhand halbiert. Man musste sich nur zu helfen wissen. Und zu helfen wusste Lukas sich immer.
Auf einem dieser Streifzüge waren wie üblich Klingelstreiche angesagt. Und selbstverständlich klingelten wir nicht an neun Türen und nicht an einundzwanzig, sondern an zehn. Wie oft auf jede Klingel gedrückt werden musste, ist wohl klar.
Jeder von uns kam also zwei Mal an die Reihe. Natürlich legte Lukas fest, wer bei wem klingelte, nichts blieb dem Zufall

überlassen. Der Streifzug führte durchs ganze Dorf. Ich hab keine Ahnung mehr, wer meine persönlichen Opfer waren. Aber ich erinnere mich noch, dass Lukas Schröders Klingel sich selbst zugeteilt hatte. Das weiß ich deshalb noch so genau, weil er sich dabei etwas merkwürdig anstellte.

Er führte sich auf, als ginge es darum, irgendwo vom Dach zu springen, bestand aber darauf, die Sache unbedingt selbst zu machen. Ich fand das seltsam, was aber bei Lukas nichts Besonderes war. Er war viel öfter seltsam als jeder, den ich sonst kannte.

Schließlich überwand er sich und schlich vorsichtig auf Schröders Haus zu. Wir anderen lauerten in einem Versteck auf der gegenüberliegenden Straßenseite und hatten ihn im Visier.

Er hatte noch keine zwei Mal auf die Klingel gedrückt, als mit einem Ruck die Tür aufgerissen wurde. Wie ein lebendes Mahnmal baute Frau Schröder sich vor ihm auf. Vor lauter Schreck erstarrte Lukas zur Salzsäule. Frau Schröder sah aus wie eine Boxerin, die überlegt, wie sie den nächsten Punch setzen soll.

Urplötzlich drehte Lukas sich um und wollte loszischen. Aber trotz ihres massigen Körpers war Frau Schröder von einer geradezu sensationell katzenhaften Schnelligkeit und noch vor dem zweiten Schritt hatte sie ihn am Schlafittchen. Er schlug um sich und schrie, was das Zeug hielt, doch sie ließ nicht locker, keinen Mikromillimeter.

»So, Bürschchen«, rief sie so laut, dass wir es bis in unser Versteck hören konnten, »du kommst jetzt mit rein und mein Mann wird dir ein paar passende Worte sagen.« Sie klang so, als wolle ihr Mann ihm eine knallen.

Während die anderen sich vor Angst fast in die Hosen machten, war mir sofort klar, dass ich Lukas helfen musste. Da ich aber keine Ahnung hatte, wie, wollte ich ihn wenigstens nicht alleine lassen. Also trat ich aus unserem Versteck und trabte gesenkten Hauptes über die Straße. Frau Schröders Blicke töteten mich fast.

»Wir haben's zusammen gemacht«, sagte ich tapfer, ohne meinen Blick vom gepflasterten Muster der Auffahrt zu heben. In diesem Moment kam Schröder selbst aus der Tür. Er sah reichlich verschlafen aus.

»Was veranstaltest du denn hier für einen Lärm?«, fragte er seine Frau verdutzt.

»Ich?«, schnaubte sie wütend. »Das ist ja wohl der Gipfel! Diese Bürschchen hier haben wieder mal versucht, unseren wohlverdienten Feierabend zu stören. Da muss endlich was passieren. Hörst du, Horst. Und wenn wir die Polizei rufen!«

»Die Polizei?« fragte er. »Wäre das nicht ein bisschen übertrieben? Wie sagt man so schön? Mit Kanonen auf Spatzen schießen, findest du nicht?«

Aber er wirkte nicht sicher und diese Schwäche nutzte seine Frau sofort: »Natürlich die Polizei. Wen denn sonst? Die Heilsarmee vielleicht? Was heute noch ein Spatz ist, kann morgen schon ein Raubvogel sein. Darum wehret den Anfängen!«

Ihr Entschluss war unumstößlich, und sie ging ins Haus, um zu telefonieren.

»Gerda!«, rief Schröder ihr hinterher. »Mach dich nicht lächerlich!«

Sie war jedoch nicht zu bremsen, verschwand wie eine atomgetriebene Rakete und ließ uns drei draußen stehen. Schröder selbst schien genauso ratlos wie wir. Das heißt, Lukas wirkte plötzlich gar nicht mehr so ratlos. Er fixierte Schröder mit seinen Blicken.

»Nur Sie können uns jetzt noch retten«, sagte er. Ich hatte keine Ahnung, woher er seine plötzliche Sicherheit nahm. Aber irgendetwas musste es geben, was ihn ermutigte.

»Die Polizei«, meinte er weiter. »Das wäre doch wirklich blöd.« Schröder überlegte angestrengt, schien aber zu keinem Ergebnis zu kommen. Unschlüssig kratzte er sich am Kopf.
»Auch für Sie, oder?«, setzte Lukas nach und betonte: »*Irgendwie?*«
Es war etwas Merkwürdiges in seiner Stimme, für das ich keine Erklärung hatte. Auf Schröder hatte es aber scheinbar die beabsichtigte Wirkung, warum auch immer.
»Verschwindet!«, beendete er kurz entschlossen seine Grübelei. »Ich regle das hier.«
Als wir nicht sofort reagierten, wurde er noch entschiedener: »Nun aber! Haut ab! So schnell wie möglich.«
Endlich hatten wir begriffen und rannten los wie die Feuerwehr.
»Und mach dir keine Sorgen, Lukas!«, rief Schröder uns hinterher. »Wir werden nicht die Polizei rufen! – Aber lass in Zukunft solchen Blödsinn!«

Diese Geschichte ist eine von wenigen Erinnerungen, die ich an Schröder habe. Schon damals hatte ich ein komisches Gefühl bei der Sache. Und wenn ich daran zurückdenke, habe ich das noch immer. Es ist so ein Gefühl, als gäbe es eine Verbindung zwischen Lukas und Schröder. Eine Verbindung, von der wir anderen nichts wissen. Fast schien es, als hätte Schröder aus irgendeinem merkwürdigen Grund Angst vor Lukas. Aber wahrscheinlich bildete ich mir das nur ein. Oder Lukas bildete es sich ein. Denn eigentlich war er es, der so tat, als müsste Schröder Angst vor ihm haben. Schröder dagegen war höchstwahrscheinlich nur ein netter Kerl. Anders habe ich ihn unterm Strich eigentlich nie gesehen. Nett und ein bisschen bedauernswert vielleicht.

(14)

Die von Lukas angekündigten fünf Minuten sind vergangen, ehe ich auch nur ein Wort auf meinen Zettel geschrieben habe.

Der merkwürdige Auftritt von Schröder geht mir nicht aus dem Kopf und noch viel weniger, wie Lukas sich ihm gegenüber verhalten hat. Und da ist mir plötzlich diese alte Geschichte vom zehnten Geburtstag wieder eingefallen. Damals habe ich zum ersten Mal gedacht, dass zwischen den beiden irgendwas komisch ist. Ein Gefühl, das jetzt auch wieder da ist.

Lukas hat die Musik wieder leiser gedreht und kommt auf die Terrasse. Alle anderen haben tatsächlich etwas auf ihr Blatt geschrieben. Lukas schaut noch einmal zur Uhr. Er benimmt sich wie ein Oberlehrer und niemand sagt etwas dazu. Seltsam.

»So, liebe Leute. Die Zeit ist um. Ich hoffe, ihr seid alle so weit.«

Es fehlt gerade noch, dass er ermunternd in die Hände klatscht. Das alles nervt mich inzwischen so, dass ich eigentlich nichts mehr schreiben will. Mein Kopf will aussteigen. Aber dann entscheidet meine Hand sich anders. Hastig kritzelt sie ein paar Worte auf das Papier. Die Frage: Warum ist Danny hier? Meine Antwort:

Er ist der Kumpel von Kevin.

Ich unterschreibe, falte das Blatt zusammen, gebe es Lukas. Nachdem jeder meinem Beispiel gefolgt ist, setzt er sich wieder in unseren Kreis. Er legt die Zettel als kleinen Stapel vor sich hin. Feierlich blickt er von einem zum anderen.

»Ich werde jetzt«, sagt er nach angemessener Pause, »jede eurer Antworten lesen und mit Punkten bewerten. Danach liest jeder den Zettel eines anderen vor. – Alles klar? – Gut.« Sachlich faltet Lukas ein Blatt nach dem anderen auseinander und liest die kurzen Antworten. Ohne lange zu überlegen, schreibt er je eine Punktzahl dazu. Wie Mathelehrer es bei Klassenarbeiten tun. Wieder will ich aufstehen und gehen, wieder halten mich Saras Blicke. Ich denke daran, wie wir getanzt haben, und bleibe.

Kevin und Danny trinken Bier. Malte nuckelt an seinem Sekt herum. Und als Sara ihr Glas in meine Richtung hebt, nippe auch ich an dem Zeug. Es prickelt nicht mal mehr und schmeckt wie abgestandenes Wasser. Dann ist Lukas fertig. Er verteilt die Zettel. Einen behält er selbst.

»Aber noch nicht aufklappen«, fordert er. »Erst wenn ich es sage. Einer nach dem anderen. Okay? – Gut. Sara, fängst du an?«

Einen Moment zögert sie, greift dann aber doch langsam nach dem Papier und faltet es auseinander.

»Die Antwort«, sagt sie, »ist von Danny. Es geht um … um Schröder?«

»Ja«, erklärt Lukas, »der zählt auch mit. Weil er aber dummerweise nicht mehr da ist, ist einer der vorbereiteten Zettel übrig. Zu dem werde ich dann die richtige Antwort einfach sagen. War so nicht geplant, aber man muss flexibel sein. Also, Sara, machst du weiter?«

»*Weil der Arsch der Nachbar ist*«, liest sie Dannys Antwort vor und grinst. »Null Punkte.«

»Scheißspiel«, flucht Danny, wird knallrot und setzt die Bierpulle an. »Verdammtes blödes Scheißspiel.«

»Das macht doch nichts«, meint Lukas gönnerhaft. »Du hast echt einen schwierigen Zettel erwischt. Das ist einfach Pech. Da hätte wahrscheinlich keiner einen Punkt gemacht. Die nächste Runde läuft garantiert besser. Glaub's mir.«

Danny sieht aus, als könne er sich gerade noch zurückhalten, jemand seine Flasche an den Kopf zu werfen.
»Weiter geht's!«, meint Lukas fröhlich. »Jetzt du, Danny.«
Missmutig schnappt der seinen Zettel und faltet ihn umständlich auseinander. Man merkt, dass er sich sonst nicht viel mit Papier beschäftigt, außer vielleicht mit Zigarettenpapier.
»Von der da.« Ohne sie anzusehen, zeigt er auf Sara. »Es geht um Kevin … Scheiße, da steht ja ein halber Roman.«
»Lies vor! Oder ist dir das zu schwer?«
Danny räuspert sich.
»Also, hier steht: *Kevin hast du bestimmt eingeladen, weil es eine Abschiedsparty ist. Und zum Abschied willst du dich vielleicht mit jemand vertragen, mit dem du dich sonst nur gestritten hast. Wenn du ihn überhaupt beachtet hast. Eigentlich hast du immer nur auf ihn herabgeblickt. Oder vielleicht nicht?*«
Danny liest holprig, schafft es aber glücklich bis zum Ende.
»Drei Punkte«, sagt er schließlich.
»Drei?«, fragt Kevin. »Wieso denn drei? Stimmt's oder stimmt's nicht?«
»Manches daran stimmt«, antwortet Lukas vergnügt, »und manches eben nicht. Ich hab geschwankt zwischen zwei und drei Punkten, aber das Ergebnis ist nun klar. Damit führt Sara vor Danny. – Jetzt wäre eigentlich Sara dran, aber die hat schon. Also du, Kevin.«
Kevin stutzt, entschließt sich dann aber zum Sprung ins kalte Wasser.
»Von dem hier«, sagt er und nickt knapp Richtung Malte. »Es geht um David.« Dann liest er: »*David ist der beste Freund von Lukas. Und das schon immer. Es wäre komisch, wenn er ihn nicht einladen würde.*«
»Das hätte ich auch noch gewusst«, mault Danny.
Stimmt, das war wirklich nicht besonders schwer.

»Ein Punkt?«, meint Kevin schließlich unsicher.
»Wenn es da steht«, meint Lukas, »dann ist es wohl so. Ein Punkt. Da kann man nichts machen.«
Offensichtlich genießt er unsere Verunsicherung.
»Die Antwort ist doch völlig richtig«, sagt Sara gereizt. »David ist dein bester Freund. Das weiß doch jeder. Die Antwort stimmt also.«
»Ja«, sagt Lukas, »und nein.«
»Was hat der denn für Probleme?«, lallt Danny.
»Schnauze!«, fordert Kevin ihn mal wieder auf. Er wartet auf Lukas' Erklärung und ist damit nicht alleine.
»Natürlich ist David mein bester Freund«, sagt er endlich. »Mein einziger Freund sogar ...«
»Kein Wunder!«, meint Danny. »Wer will schon der Freund von so einem schwachsinnigen Wichser sein?«
Kevin boxt ihm mit einem kurzen Schwinger erneut auf den Arm, was Danny gar nicht zu spüren scheint.
»... und trotzdem«, fährt Lukas fort, »ist die Antwort nur zum Teil richtig.«
Malte guckt verdattert aus der Wäsche, sagt aber nichts. Dafür mischt Sara sich ein: »Was soll das heißen? Nur zum Teil? Das ist doch Quatsch.«
»Er ist mein Freund«, sagt Lukas, »aber das ist nicht der Grund für sein Hiersein. Jedenfalls nicht der Hauptgrund. Deshalb nur ein Punkt. Die Erklärung gibt es später. Tut mir leid, Malte. Du hast die schwerste Frage erwischt, auch wenn ihr alle gedacht habt, es wäre die leichteste. – Aber das Leben geht weiter und dieses Spiel auch. Also mach dir nichts draus. Jetzt du, David.«
Noch immer verwirrt, falte ich mein Blatt auseinander und lese die halbe Zeile, die Kevin sich über Sara abgerungen hat: »*Du findest sie superaffenschaf.*« Schaf ohne r.

Dann die Bewertung: »Zwei Punkte.«
»Zwei?«, fragt Kevin. »Wieso das jetzt schon wieder?«
Sara räuspert sich und trinkt einen unsichtbaren Schluck, bleibt aber still.
»Ich mag sie«, sagt Lukas. »Das stimmt schon. Sehr sogar.« Er schaut Sara an, ehe er weiterredet: »Aber deshalb hab ich sie heute nicht eingeladen. Trotzdem zwei Punkte. Warum, ist klar.« Er zeigt auf Malte: »Jetzt du.«
Malte liest meinen Satz über Danny: *»Er ist der Kumpel von Kevin.«*
»Vier Punkte«, sagt er dann und schaut in die Runde.
»Diese Antwort stimmt nun fast zu hundert Prozent«, erläutert Lukas lächelnd. »Aber eben nur fast. – Trotzdem führt David nun mit vier Punkten vor Sara mit drei. Danach Kevin mit zwei Punkten und Malte mit einem. Ja, und dann Danny. Aber es geht ja noch weiter. – Übrigens finde ich, dass es ziemlich abgekühlt ist, ihr nicht? Wir sollten ins Haus gehen und ein bisschen Musik anmachen. Schließlich ist das hier eine Party.« Dann fällt ihm noch etwas ein: »Ach«, sagt er und kratzt sich am Kopf, »meine Antwort fehlt ja noch. Wie sag ich euch die Wahrheit, ohne dass es seltsam klingt … Denn die bin ich euch schließlich schuldig, die Wahrheit, meine ich: Warum ist Malte hier? – Willst du einen Tipp abgeben, Malte?«
Unerklärlicherweise wird Malte rot wie ein Feuermelder.
»Nein«, lenkt Lukas schließlich ein, »das wäre nicht fair. Ich muss die Antwort geben. Das ist die Regel. Also, um es kurz zu machen: Malte ist hier, weil er schwul ist.«

Suicide – Suicide, singt Adam Green fröhlich.
Wir tanzen oder sitzen da und trinken oder reden. Plötzlich scheint das hier eine ganz normale Party zu sein. Fast. Was es wirklich ist, weiß ich allerdings noch immer nicht.

Bluebirds are so natural
I want to buy them for my friends

Sara tanzt jetzt alleine. Ich begnüge mich damit, halb auf dem Schrank zu sitzen und ihr zuzuschauen. Auch wenn ich viel lieber zu ihr gehen würde. Aber bestimmt will sie jetzt lieber allein bleiben.
Lukas tanzt auch und hält sich dabei immer sehr in Saras Nähe. Aber sie scheint es gar nicht mitzukriegen, ihre Augen sind fast durchgehend geschlossen.

I gave them up that day

Lukas hört mit dem Tanzen auf und setzt sich neben mich.

I'd never go that way

Er hat ein Sektglas in der Hand, aus dem er auch trinkt.

Unless your daddy nailed me to the cross

Eigentlich kann er nicht mehr nüchtern sein, denn soviel ich weiß, hat er noch nie in seinem Leben Alkohol getrunken. Und ich weiß fast alles über ihn.

Your daddy nailed me to the cross

Im Grunde kann er also nicht besonders viel vertragen, um nicht zu sagen, gar nichts. Aber seine Stimme hört sich keineswegs betrunken an, als er mich fragt, was ich von all dem hier halte.
»Ist doch superspannend, oder?«, meint er, grinst und trinkt

den nächsten Schluck. Bis ich geantwortet habe, lässt er mich keine Sekunde aus den Augen.
»Findest du?«, sage ich. Er ist mir so fremd wie ein Außerirdischer.
»Du etwa nicht?!« Lukas scheint fassungslos. »Das ist ja nun wirklich der absolute Oberhammer. Wer war es denn, der geschrien hat: ›Langweilig, langweilig!‹ Du doch oder vielleicht nicht?«
Er ist laut geworden, und jetzt bin ich mir sicher, seiner Stimme auch den Sekt anzuhören. Er ist voller Wut. Etwa auf mich? Erst lässt er mich hier schmoren wie das Hühnchen in der Pfanne, und dann ist er sauer auf mich? So leicht lassen sich die Dinge also verdrehen, da komme ich nicht ganz mit. Aber genauso plötzlich, wie er aufgedreht hat, scheint er sich schon wieder zu beruhigen.
»Vielleicht wird die Sache ja spannender für dich«, meint er lächelnd, »wenn ich dir erzähle, dass Schröder in unserer Garage liegt.«
Er trinkt sein Glas leer, stellt es ab und lauert auf meine Reaktion. Fassungslos starre ich ihn an, was ihn nicht weiter überrascht.
»Wie bitte? Wer liegt in welcher Garage?«
»Schröder«, grinst er, »liegt in der Garage meiner Eltern. Gefesselt und geknebelt. Wenn das nicht spannend ist, dann weiß ich auch nicht mehr.«
Obwohl es das Absurdeste ist, was ich je in meinem Leben gehört habe, weiß ich, dass es die absolute Wahrheit ist. Weder Lukas' Mimik noch der Klang seiner Stimme lassen den geringsten Zweifel daran zu.
Wortlos springe ich auf und renne durch den Garten zur Garage. Kurz bevor ich da bin, hat Lukas mich eingeholt und hält mich am Arm zurück.

»Ich hab meine Gründe«, sagt er, etwas außer Atem und scheinbar beunruhigt. »Glaub mir. Er wird nicht mehr lange dort liegen. Aber wenn du ihn jetzt befreist, machst du alles kaputt.«

Ohne ein Wort reiße ich mich los und ziehe das Garagentor in einem Ruck hoch. Tatsächlich liegt Schröder dahinter auf dem alten roten Plüschsofa, das hier steht, seit ich die Garage kenne. Er ist mit einer Wäscheleine gefesselt und hat die Augen fest geschlossen, über dem Mund klebt ein riesiges Pflaster; dahinter scheint ein Knebel zu stecken.

»Er ist tot!«, rufe ich entsetzt und betrachte ihn näher.

»Betäubt«, sagt Lukas und schließt das Tor hinter uns. »Mit Chloroform.«

»Quatsch«, flüstere ich aufgeregt. »Woher willst du Chloroform haben?«

In diesem Augenblick sehe ich, dass Schröder tatsächlich noch atmet. Ich bin total erleichtert. Es scheint, als schlafe er nur. Aber meine Erleichterung hält nicht lange an.

»Ach«, meint Lukas, »so was ist gar kein Problem. Übers Internet kriegst du heute so ziemlich alles. Ein bisschen recherchieren und etwas Geld anlegen, das ist das ganze Geheimnis.«

»Woher kommt dann das Blut hier über dem Auge?«, frage ich. »Blutet man neuerdings von Chloroform?«

»Das hat Kevin ihm verpasst. Oder Danny, was weiß ich. Die beiden waren nicht gerade zimperlich. Aber ich hab ihn aus ihren Klauen gerettet. Wenn es heller wäre, würdest du allerdings doch noch ein paar solcher Stellen entdecken.«

»Was soll das denn heißen?«, frage ich. »*Du hast ihn gerettet?*«

»Ich hab ihn betäubt«, sagt er, »und da haben sie ihn augenblicklich in Ruhe gelassen. Schließlich vergreifen nicht mal die sich an einem Bewusstlosen. Muss so was sein wie ein letzter Rest von Ehrgefühl, wer weiß.«

»Aber ...», ich kann nur stammeln, »... das macht doch überhaupt keinen Sinn!«
»Ich schwör dir, es macht.« Eindringlich sieht er mich an. »Noch in dieser Nacht wird sich alles aufklären. Ich selbst werde es aufklären.«
»Ich geh zur Polizei.« Von plötzlicher Panik erfasst, springe ich auf, sehe keine andere Möglichkeit mehr. »Schröder braucht einen Arzt. Er muss ins Krankenhaus.«
»Es geht ihm gut«, sagt Lukas beschwörend. »Glaub mir, wenn er aufwacht, hat er vielleicht einen Brummschädel. Aber sonst ist alles in Ordnung. Ich hab mich genau erkundigt. Chloroform ist harmlos. Genau wie die paar Kratzer. Die beiden Deppen sind nicht wirklich brutal, das weißt du so gut wie ich. Sie sind noch viel harmloser als Chloroform.« Plötzlich legt er sich mächtig ins Zeug, mich zu beruhigen. Aber meine Zweifel bleiben.
»Nun komm«, meint Lukas und legt zusätzlich beschwichtigend einen Arm auf meine Schulter. »Lass uns zurückgehen. Die anderen warten. Der schläft hier sanft wie ein Baby. Wir brauchen uns keine Sorgen um ihn machen.«
Vorsichtig wie ein rohes Ei schiebt er mich aus der Garage. Ich bin so benommen, als hätte auch ich was von dem Chloroform abgekriegt. Alles um mich herum passiert nur noch ohne mein Zutun. Und Lukas ist der, der es geschehen lässt. »Willst du dich etwa an ihm rächen?«, mutmaße ich. »Aber für was denn?«
»Quatsch«, sagt Lukas. Seine Hand liegt noch immer auf meiner Schulter. Wir stehen uns gegenüber. »Dass er jetzt hier liegt, hat er sich selbst zuzuschreiben. Das war so nicht geplant.«
»Und das Chloroform? Wieso hast du dieses Zeug überhaupt da?«

»Nur für den Notfall«, meint er zerknirscht. »Der nun allerdings eingetreten ist. Auch Schröder wollte die Polizei rufen, was natürlich nicht ging. Dann wäre ja meine ganze schöne Abschiedsparty den Bach runter. Du verstehst?«
Ich bin zu keiner Antwort fähig. Lukas lächelt leise.
»Es gibt da eine alte Geschichte zwischen Schröder und mir«, erklärt er plötzlich. »Sie ist der Grund dafür, dass er heute hier ist. Er gehört gewissermaßen ins Showprogramm. Nur dass er leider nicht ganz so mitgespielt hat wie erwartet. Aber das kriegen wir wieder hin, keine Sorge.«
Er verpasst mir zwei kleine, freundschaftliche Klapse auf die Schulter. Dann gehen wir zurück in die Wohnung.

(15)

Wir sitzen im Kreis auf dem Wohnzimmerteppich, auf der leer geräumten Tanzfläche. Danny und Kevin zu diesem Sitzkreis zu überreden war für Lukas nicht ganz einfach.
»Wir sind doch hier nicht im Kindergarten«, hat Danny sich lauthals geweigert. Erst die Aussicht aufs nächste Bier hat ihn umgestimmt.
Es läuft leise Musik von Falco.
»Die zweite Runde steht an«, eröffnet Lukas. »Und weil es nicht langweilig werden soll, machen wir es diesmal etwas anders. Aber vielleicht bin ich euch vorher noch die eine oder andere Antwort schuldig?«
Seine Blicke gehen in die Runde und bleiben an Malte hängen, der schon wieder rot wird. Jedem von uns ist sofort klar, auf was Lukas hinauswill, nur Danny nicht.
»Antworten schuldig!«, quatscht der dazwischen. »Mensch, Alter, du laberst einen Stuss. Ein paar Bier bist du mir schuldig, das ist alles. Und ich dir vielleicht ein paar aufs Maul.«
Er lacht laut über seine eigenen Worte und schaut Beifall heischend zu Kevin rüber. Malte ist nach seiner Rot-Attacke nun wieder vollständig erbleicht, den Blick hält er gesenkt. Alle warten.
Ich weiß nicht, wie lange ich den Gedanken an den gefesselten Schröder noch aushalte, ohne irgendwas zu tun. Ich würde gerne mit Sara drüber reden, habe aber keine Gelegenheit dazu. Lukas ist für mich weiter weg als der Mond, ich finde einfach keinen Zugang zu ihm.
Dabei ist es, als zöge er uns alle in einen Sumpf, aus dem rauszukommen mit jeder Minute schwieriger wird. Etwas Ungreifbares liegt in der Luft, etwas seltsam Bedrohliches. Das

Beste wäre wohl, einen Schlussstrich zu ziehen und einfach zu gehen, aber das schaffe ich nicht. Wie alle anderen stehe auch ich mittlerweile unter einer Art magischem Bann, der schon lange mehr ist als pure Neugier. Viel mehr.
Vielleicht ist es auch Sara, die mich zurückhält, denn ich will sie hier nicht alleine lassen. Aber meine Gedanken sind verworren, mein Hirn fühlt sich an wie ein löchriges Sieb. So sehr ich mich auch anstrenge, es gibt plötzlich nichts mehr, dessen ich mir wirklich sicher bin.
Als ich zu Sara rüberschaue, lächelt sie mich an, und mein Entschluss hierzubleiben festigt sich. Vorsichtig lächle ich zurück. Ich frage mich, was sie wohl tun würde, wenn sie von Schröder in der Garage wüsste?
Lukas starrt Malte so lange an, bis der keine andere Chance mehr hat, als den Mund aufzumachen.
»Du hast vorhin …«, stammelt er. »Also, du hast gerade gesagt …«
»Er hat gesagt, dass du schwul bist«, schaltet Sara sich ein und wirft Lukas ein paar Blicke wie Giftpfeile zu. »Und dass er dich deshalb eingeladen hat. Dieser Blödmann.«
»Endlich mal ein wahres Wort in dieser Kotzbude!«, bestätigt Danny, aber keiner beachtet ihn. Im Weiß seiner Augen treten die Äderchen rot hervor.
»Die Regel ist«, erklärt Lukas ungerührt, »dass jeder selbst fragen muss. Sonst hätte ich ja gleich eure Mamas mit einladen können.«
Natürlich hat er sich diese Regel gerade erst ausgedacht, aber Malte hat keine Chance mehr, aus der Falle herauszukommen.
»Also?«, fragt er unter diesem Druck, den Blick stur auf den Teppichboden gerichtet, unter den er sich am liebsten verkriechen möchte. »Wie kommst du darauf, dass ich schwul bin?«

»Oh?« Lukas tut erstaunt. »Bist du es etwa nicht? Sollte ich mich geirrt haben? Das wäre natürlich fatal. Dann hätte ich den Falschen eingeladen. Sag, dass es nicht wahr ist. Du müsstest sonst sofort gehen.«
Er scheint entsetzt über sich selbst. Hat er etwa einen Fehler gemacht? Alle Augen sind auf Malte gerichtet, der zögert. Lukas sitzt neben ihm, legt die Hand auf seinen Kopf und krault sein Haar, wie man es bei einem kleinen Kind tun würde.
»Lass das!« Malte zieht erschrocken den Kopf zurück, aber Lukas lässt sich nicht beirren und macht weiter.
»Ich versteh dich nicht«, sagt er. »Das ist es doch, was du immer gewollt hast. Oder etwa nicht? Sollte ich mich denn so in dir getäuscht haben?«
Malte hält den Druck nicht mehr aus. Er schlägt die Hand fort und springt auf wie von der Tarantel gestochen. Ehe er die Tür erreicht hat, hat Lukas ihn eingeholt und versperrt ihm den Weg.
»Das gilt nicht«, sagt er autoritär. »Jetzt ist die Stunde der Wahrheit. Erst seid ihr dran, dann ich. Gegen meine Wahrheit wird euch eure eigene kleine Wahrheit lächerlich erscheinen. Das garantiere ich.«
Malte überlegt einen Augenblick und setzt sich dann wieder. Er spürt, dass er keine andere Wahl hat.
»Na prima«, meint Lukas beruhigt. »Dann können wir ja weitermachen. Und weil du so brav warst, Malte, brauchst du auch nichts mehr zu sagen. Dein Schweigen reicht mir bereits als Zustimmung. Okay?«
Malte starrt wieder auf den Boden, bleibt stumm.
»Du bist schwul«, behauptet Lukas ohne weiteres Zögern. Die Worte klingen scharf.
Malte schweigt.

»Siehst du«, sagt Lukas nun fast sanft. »Es geht doch. Und du bist verknallt … in mich.«

»Es reicht!« Jetzt ist es Sara, die aufspringt. »Wenn du nicht sofort aufhörst, passiert was!«

»Lass nur«, sagt Malte leise. »Setz dich wieder. Bitte. Es stimmt ja.«

Und plötzlich schafft er es, Lukas direkt in die Augen zu sehen.

»Ist mir klar«, sagt der. »Schließlich bin ich nicht blöd.« Er wendet sich kurz ab.

»Nur dass es nicht ganz stimmt«, fügt Malte, sicherer geworden, hinzu. »Ich war mal verknallt in dich. Aber das ist lange vorbei.«

»So? Und warum bist du dann heute hergekommen? Mach dir nur nichts vor, mein Guter.«

Den letzten Satz spricht er bewusst tuntig aus und hat damit Kevin und Danny als Lacher sofort auf seiner Seite.

»Aber ich will dich nicht beleidigen«, sagt Lukas schließlich ernst. »Entschuldige. Ich halte also fest: Du *warst* in mich verknallt. Und aus genau diesem Grund bist du hier, deshalb hab ich dich eingeladen. Denn du bist der erste Mensch, bei dem ich gemerkt habe, dass er in mich verknallt ist. Und das ist schon was Besonderes.« Er lächelt fast liebevoll. »Auch wenn mir damals schlecht wurde allein bei der Vorstellung. Nachts habe ich wach gelegen und mich geekelt beim Gedanken an die Phantasien, die du wahrscheinlich über mich hattest.«

Sein Gesicht erstarrt zur Eismaske.

»Ich hab dich gehasst dafür, Malte. Wirklich gehasst. Am liebsten hätte ich dich kaltgemacht. Du kannst dir nicht vorstellen, wie oft ich dich in *meinen* Phantasien getötet habe.«

Er geht einmal langsam um Malte herum und betrachtet ihn von allen Seiten. »Aber das ist zum Glück längst vorbei.

Inzwischen hasse ich dich nicht mehr. Ich kann dich noch immer nicht besonders leiden, das ist wahr, und du weißt es sicher. Aber mit der Einladung hierher hat das nichts zu tun. Jetzt weißt du ja, warum du hier bist. Welche Rolle du in meinem Leben spielst oder besser: gespielt hast. Keine schöne, aber immerhin eine besondere. Unser ›kleines Geheimnis‹ liegt in der Vergangenheit.«

Die Musik ist aus, und urplötzlich wird es so still im Zimmer, als gäbe es auf der ganzen Welt keine Geräusche mehr, als sei jeder Laut erstorben.

»So«, fährt Lukas schließlich munter fort, mitten ins Herz der Stille, »weiter geht's. Die nächste Raterunde machen wir mündlich. Diesmal soll es schnell gehen. So wie beim Blitzschach, das kennt ihr doch? Nicht groß überlegen, einfach die Antwort geben. Ich stelle zuerst die Frage und zeige dann sofort auf einen von euch. Der gibt die Antwort, die ihm spontan einfällt. Ich zeige auf den Nächsten und so weiter. Schnelligkeit ist dabei das Wichtigste. – Okay?«

Alle nicken.

»Schieß los, Alter!«, meint Kevin, der langsam Spaß an der Sache zu kriegen scheint. Offenbar verschwenden weder er noch Danny einen Gedanken an Schröder.

»Ich hab euch gesagt«, fängt Lukas an und schaut auf die Uhr, als wolle er die Zeit stoppen, »dass dies hier meine Abschiedsparty ist. Meine Frage an euch ist nun: Wohin gehe ich? Eine Möglichkeit hab ich euch zwar schon genannt, aber die ist natürlich Quatsch.«

Er hat das letzte Wort noch nicht ausgesprochen, als er auf Sara zeigt, die die Situation sofort erfasst.

»Du ziehst weg«, wirft sie blitzschnell ein. Dann die nächsten.

Danny: »Keine Ahnung, Blödmann.«

Malte: »Du verreist.«

Ich: »Du machst dich vom Acker. Endgültig.«
Seine Augen bleiben eine Sekunde länger an mir hängen als an den anderen, dann der Letzte.
Kevin: »Du machst die Biege.«
»Wow!« Lukas schaut wieder zur Uhr. »Acht Sekunden. Stolze Leistung. Dann will ich auch nicht lange warten mit der Punkteverteilung. Malte vier …«
»Eine Reise, aber …«, ich bin so überrascht, dass ich nicht den Mund halten kann.
»David fünf«, übertönt Lukas meinen Einwand, ohne sich weiter darum zu kümmern. Die Punkteverteilung kommt wie aus der Pistole geschossen.
»Sara vier. Kevin vier. Und Danny leider nur zwei.«
Er grinst ihn an.
»Und auch die nur für den besonderen intellektuellen Pfiff der Antwort. Denn natürlich stimmt es immer, Danny, wenn du behauptest, keine Ahnung zu haben. Letztlich aber war die Frage so diesmal nicht gemeint. Tut mir echt leid.«
Dazu macht er ein Gesicht, als würde er es wirklich bedauern.
»Ihr anderen habt alle vier Punkte«, fährt er schließlich fort, »weil jeder von euch auf seine Weise richtig geantwortet hat. Eigentlich sagt ihr alle dasselbe und drückt es nur verschieden aus.«
Damit scheint er fertig zu sein.
»Und David?«, fragt Sara. »Wieso fünf Punkte für ihn?«
»David, natürlich.« Er tippt sich an die Stirn, als habe er mich tatsächlich vergessen. »Den fünften Punkt kriegt er für sein letztes Wort. Es macht den kleinen Unterschied. Erinnert ihr euch? Das Wort war: *Endgültig*!«
Niemand weiß, was er dazu sagen soll.
Lukas steht auf, wechselt die CD. Jetzt wieder Adam Green. Außerhalb unseres Kreises fängt Lukas mit geschlossenen

Augen an zu tanzen. Wir anderen bleiben sitzen. Es ist, als habe jemand eine unsichtbare Decke über uns gebreitet.

Frozen in time forever
Carrying that torch for so long

Mitten in den Song hinein und völlig abrupt stellt Lukas die Musik wieder aus.
»Was haltet ihr davon«, fragt er, »ans Meer zu gehen?« Er selbst scheint ganz begeistert von seiner spontanen Idee. »Ich jedenfalls brauch dringend frische Luft.«

(16)

Noch kann man vom Strand aus den Saum des Wassers erkennen, aber schon bald wird nur noch das Watt da sein. Die Flut liegt bereits ein paar Stunden zurück. Es ist nur noch zwei Tage bis Vollmond und deshalb trotz der späten Stunde nicht wirklich dunkel.

Bevor wir losgegangen sind, ist Lukas noch mal in der Garage verschwunden. Als er wieder rauskam, hat er mir ein Zeichen gemacht, dass alles okay sei. Auch wenn mich das nur halb beruhigte, bin ich trotzdem mit zum Strand. Ich wusste auch nicht wirklich, was ich hätte tun sollen. Wenn Schröder freigelassen wird, rennt er garantiert sofort zur Polizei. Das alles, was auch immer es sein soll, ist eine Sache allein zwischen Lukas und ihm. Jedenfalls versuche ich angestrengt, mir das einzureden. Unterwegs meldet sich dann allerdings mein schlechtes Gewissen schnell zurück.

»Wir müssen umkehren«, raune ich Lukas auf halbem Weg zu. »Du musst Schröder laufen lassen. Sofort. Vielleicht kannst du ihn noch überreden, nicht zur Polizei zu gehen.«

»Das kann ich garantiert«, sagt Lukas geheimnisvoll. »Ich geh sogar jede Wette ein, dass er nicht zu den Bullen gehen wird.«

Skeptisch sehe ich ihn an. Einmal mehr hab ich keine Ahnung, auf was er hinauswill.

»Vertrau mir«, meint er. »Er wird nicht gehen. Und ihm wird auch nichts passieren.«

Seine Gewissheit beruhigt mich ein bisschen, auch wenn sie mir völlig unlogisch erscheint.

Ich gehe neben Sara weiter, wir reden nicht miteinander. Und plötzlich spüre ich, dass ihre Hand nach meiner greift. Ich kann es kaum glauben, aber ich täusche mich nicht. Ihre Hand

fühlt sich warm an. Warm, trocken und gut. Mein Herz klopft wild.
Kurz denke ich, dass Lukas uns zum alten Leuchtturm am Ende des Strandes führen will, und bin ganz froh, dass er es doch nicht tut. Der alte Leuchtturm war immer eine geheime Sache zwischen ihm und mir. Nie sind wir mit irgendwem anderen dort gewesen.
Plötzlich lässt Lukas sich in den Sand sacken und bleibt einfach sitzen, als sei hier das Ziel seines Weges. Einer nach dem anderen setzt sich ebenfalls. Schließlich bilden wir einen Kreis, in dem wir uns alle gegenübersitzen. Weit draußen hört man das Meer rauschen, es ist ablaufendes Wasser. Als wolle sie nichts mit uns zu tun haben, zieht sich die Nordsee immer weiter und weiter zurück. Der Mond spiegelt sich im Watt und der bittere Geruch von Schlick und Algen erfüllt die Luft. Sara sitzt neben mir, aber unsere Hände berühren sich nicht mehr.
»Jetzt gibt es die Chance auf zwei Extrapunkte«, sagt Lukas und lässt den feinen, hellen Sand durch seine Hände rieseln. »Wir haben geklärt, dass Sara nicht hier ist, weil ich etwas von ihr will. Ich mag sie sehr, keine Frage. Aber das ist eben nicht der Grund dafür, dass ich sie eingeladen habe. Was aber ist der Grund? Entweder die richtige Antwort kriegt zwei Punkte oder die, die am nächsten dran ist.«
»Ach du Schande«, meint Danny. »Jetzt geht diese Kinderkacke wieder los. Gut, dass ich was für Erwachsene mitgebracht hab.«
Er holt zwei Flaschen Bier aus seiner Jacke und wirft Kevin eine zu, der sie mit einer automatischen Bewegung auffängt.
»Es hat was mit Sara und David zu tun«, schlägt Malte vor.
»Oh!«, ruft Lukas übertrieben laut. »Hast du gehört, David?

Unser homosexueller Freund hier meint, dass es mit dir zu tun hat.« Mit plötzlicher Feindseligkeit starrt er mich an. Ich hab keine Ahnung, was ich damit anfangen soll.

»Warum erwähnst du andauernd«, fragt Malte leise, »dass ich schwul bin?«

Lukas scheint ihn nicht mal zu hören.

»Was könnte das sein?«, fragt er mich stattdessen. »Was könnte meine Einladung zu tun haben mit Sara und dir?«

»Keine Ahnung«, sage ich.

»Und du, Sara? Auch keine Ahnung?«

Sara schaut ihn einfach nur an.

»Was hier läuft, sieht doch ein Blinder mit Krückstock«, meint Kevin, stützt sich nach hinten auf den Ellenbogen im Sand ab und öffnet seine Flasche mit den Zähnen. »Die Tussi will was von dir, Mann. So blöd kann doch keiner sein, oder?« Grinsend nimmt er den ersten Schluck.

Lukas klatscht hämischen Beifall. Sara und ich schauen uns nicht an.

»Bravo!«, meint er. »Absolut scharfsinnig. Womit wir auch schon die Lösung hätten. Sara hab ich eingeladen, um, sagen wir, meinem besten Freund David eine Freude zu machen.« Er sieht mich an, als wolle er mich sehr viel lieber erwürgen, als mich zu erfreuen.

»Ich schenk sie dir, David«, sagt er mit gespielter, feierlicher Großzügigkeit. »Sie ist mein Abschiedsgeschenk an dich.«

»Jetzt ist er endgültig durchgedreht«, meint Sara ganz ruhig zu mir. Dann wendet sie sich an Lukas: »Wie kommst du denn darauf, dass du mich irgendjemand schenken könntest? Ausgerechnet du?«

»Immerhin hast du mir gehört«, behauptet Lukas. »Und ich glaube nicht, dass ich irgendjemand hier erklären muss, was ich damit meine.«

»Ich glaub, du spinnst«, kontert Sara, weiter erstaunlich ruhig. »Nur weil wir einen Abend ein bisschen rumgeknutscht haben, bedeutet das noch lange nicht, dass ich dir *gehöre*. Oder leben wir vielleicht noch im Mittelalter oder so was? Bei dir ticken echt alle Uhren auf einmal falsch und zwar ganz gewaltig. Übrigens hast du mich damals nur in einem schwachen Moment erwischt, das war alles. Ein Ausrutscher, sonst nichts.«

»Nun tu bloß nicht so«, sagt Lukas, »als wenn es dir nicht auch Spaß gemacht hätte.«

»Die Sache ist gelaufen«, meint Sara. »Und ich bereue sie mehr als alles andere, das kannst du mir glauben. Nie wieder würde ich ...« Der Mondschein spiegelt sich sanft auf ihrem Gesicht.

Lukas lässt weiter Sand durch seine Hände rieseln.

»Aber wie mach ich das denn jetzt?«, sagt er schließlich, als habe er sich die ganze Zeit des Schweigens über mit nichts anderem beschäftigt. »Ich glaube, ich muss die beiden Zusatzpunkte aufteilen. Einen an Malte und einen an Kevin.« Es scheint tatsächlich, als sei dies sein größtes Problem.

Er steht auf und wirft einen Stein so weit wie möglich ins Watt und trifft in eine der im Mondlicht glänzenden Pfützen, das Wasser spritzt ein bisschen auf. Plötzlich ist es vollkommen windstill, was hier an der Küste nur ganz selten der Fall ist. Langsam schlendern wir weiter.

Sara und ich gehen jetzt nicht mehr nebeneinander. Dafür legt Lukas im Gehen seinen Arm um Kevins Schulter, als wäre der sein bester Kumpel. Kevin ist so baff, dass er ganz vergisst, sich zu wehren.

»Ja«, sagt er, »und du, Kevin, warst der einzige Mensch in meiner Kindheit, vor dem ich wirklich Schiss hatte.« Dabei strahlt

er ihn an, als würde er sich darüber freuen. Er redet so laut, dass jeder es hören kann.
»Echt?« Kevin weiß nicht recht, was er dazu sagen soll, ahnt aber nichts Gutes, was ich verstehen kann. Der bedrohliche Unterton in Lukas' Stimme ist nicht zu überhören.
»Ja, echt!«, schreit Lukas jetzt fast, ohne dadurch seine künstliche Fröhlichkeit einzubüßen. »Wegen dir hab ich Albträume gehabt ohne Ende.« Er lacht und scheint sich köstlich zu amüsieren. »Ich sag dir, Mann, das war wirklich die Hölle. Erst nicht einschlafen können aus lauter Angst vor dem, was du dir für den nächsten Tag wieder ausgedacht hattest. Und dann nachts immer wieder schweißgebadet aufwachen mit nichts als deiner blöden Visage vor Augen. Ich kann dir sagen, Kevin, wer das ein paar Jahre lang miterlebt hat, der weiß, was wirklich schlimm ist. Dagegen waren meine nächtlichen Probleme mit Malte das reinste Kinderspiel.«
Kevin scheint langsam zu schrumpfen unter den Worten und unter Lukas' Arm, der immer schwerer wird auf seiner Schulter. Lukas hört nicht auf zu lachen und Kevins Grinsen wird immer verlegener. Er hat keine Ahnung, was er machen soll.
»Weißt du«, fährt Lukas munter fort, »bei meinen Eltern so zu tun, als würde ich das ganze Geld für mich alleine ausgeben, war im Vergleich dazu fast eine leichte Übung. Du weißt schon, das Geld, das du mir abgeknüpft hast, damit du mich nicht noch mehr verprügelst als ohnehin. Erinnerst du dich?« Er redet wie jemand, der mit einem Freund liebevoll in der Erinnerungskiste der guten alten Zeit kramt.
»Und wenn sie mal nicht mehr rausrücken wollten«, fährt er fort, »dann hab ich sie eben beklaut. Was soll's?«
Als würde Kevin in diesem Moment Reue zeigen, guckt Lukas ihn erschrocken an.

»Um Himmels willen, nein!«, ruft er. »Du brauchst deswegen kein schlechtes Gewissen haben! Die haben doch genug Kohle. Haben sie immer gehabt. Da kann man sich ruhig schon mal bedienen, oder? Wie im Selbstbedienungsladen. Und dass mein Vater völlig ausgerastet ist, als sie mich mal erwischt haben, war auch kein wirkliches Problem. Mach dir da keine Sorgen. Nicht, dass du am Ende auch noch schlaflose Nächte hast! Du sollst ja ziemlich sensibel sein, wie man sich erzählt.«

Er lacht auf, als habe er gerade einen phantastischen Witz gemacht.

»Es war ja die einzige Tracht Prügel, die ich in meinem Leben von meinem alten Herrn kassiert hab. Sonst hätte ich so was gar nie erlebt, nicht auszudenken. Insofern … Schwamm drüber!«

Ohne den Arm von Kevins Schulter zu nehmen, scheint er völlig in seine Gedanken zu versinken. Mindestens eine Minute lang gehen wir alle schweigend weiter.

»Du hast dann ja irgendwann aufgehört mit der Quälerei«, erinnert Lukas sich schließlich. »Warum eigentlich?« Seine Stimme wird schärfer.

»Weiß nicht mehr«, meint Kevin.

»Aber mir fällt es gerade wieder ein«, sagt Lukas ungebrochen munter. »Wie konnte ich das nur vergessen?« Er schlägt sich an die Stirn. »Mein Alter hat die Wahrheit aus mir rausgeprügelt. Und nachdem ich ihm heulend alles erzählt hatte, ist er zu deinen Eltern. Und danach hast du mich nur noch ein einziges Mal verdroschen, aber mit dem Erpressen hast du plötzlich aufgehört. Es war wie ein Wunder. Ich glaube, du bist damals so was wie ein guter Mensch geworden. Oder?«

»Kann schon sein«, meint Kevin. »Jedenfalls hab ich was kapiert.«

Plötzlich klingt Lukas' Lachen völlig unbeschwert. »Toller Gag!« Sein Lachen bricht mittendrin ab und ernst fügt er hinzu: »Du und was kapieren. Das ist nun wirklich totaler Schwachsinn.«

Endlich nimmt er die Hand von Kevins Schulter und geht zu Sara.

»Du hattest also recht«, sagt er. »Meine Einladung an Kevin hat mit unserer Feindschaft zu tun. Dafür die Punkte. Aber nicht alle fünf, denn du dachtest, ich wollte mich mit ihm vertragen, was natürlich nicht stimmt. Was meint ihr? Ich finde, wir sollten jetzt wieder nach Hause gehen und ein bisschen weiterfeiern. Unterwegs erzähl ich euch noch, warum Danny heute hier ist.«

Er überlegt einen Moment.

»Aber das ist eigentlich auch schnell gesagt: Er ist der brutalere unserer beiden Freunde hier. Und vor allem: so richtig schön brutal sind die beiden nur im Duo. Das durfte ich ja früher oft genug erleben. Und ein bisschen Brutalität brauchte ich heute Abend ganz einfach.«

Meine Gedanken fliegen unvermittelt zurück zu Schröder, der noch immer in der Garage liegt. Für ein paar Minuten war es mir fast gelungen, ihn zu vergessen.

»Mach dir um den keine Sorgen, David.« Lukas ist plötzlich neben mir aufgetaucht wie ein Gespenst und flüstert. »Wenn es einer verdient hat, dann der. Das wirst du noch begreifen. Heute ist die Nacht der Wahrheit. Du wirst staunen, was da alles ans Licht kommt.« Dass er Gedanken lesen kann, ist mir bisher entgangen, aber ganz offensichtlich kann er.

Vom Deich aus sieht man, dass das Wasser jetzt ganz verschwunden ist. Das Watt glänzt immer unwirklicher im Mondlicht. Der alte Leuchtturm erhebt sich wie ein Mahnmal dunkel am Ende des Strands aus den Dünen. Plötzlich geht

Sara wieder neben mir. Und auf einmal ist wieder die mittlerweile fast schon sinnlose Hoffnung in mir, dass doch noch alles gut wird.

17

Lukas macht ein feierliches Gesicht.
»Wir nähern uns dem großen Finale«, sagt er.
Diesmal sitzen wir ohne besondere Anordnung im Wohnzimmer seiner Eltern, die Jacken noch an. Es ist total ruhig, alle sind erschöpft und leer, wie ausgebrannt. Alle bis auf Lukas, dessen Energie endlos scheint.
Immer mehr ist es, als wären wir anderen nur noch Wachs in seinen Händen. Er bestimmt, was läuft und was nicht, und keiner wehrt sich mehr.
»Das Zwischenergebnis unseres Spielchens lautet: David mit neun Punkten vor Sara und Kevin mit je sieben. Dann Malte mit sechs.« Er liest nicht etwa von einem Zettel ab, das hat er nicht nötig, denn all die Zahlen hat er im Kopf. »Und abgeschlagen Danny mit zwei. Tut mir leid, Danny, aber deine Gewinnchancen sind ziemlich mies.«
Danny zischt verächtlich.
»Aber bevor wir die letzte Runde einläuten«, sagt Lukas, »müsst ihr natürlich noch wissen, warum David denn nun wirklich hier ist.« Er macht ein feierliches Gesicht und verleiht seiner Stimme einen besonderen Tonfall, als er verkündet: »David ist der Mensch, der mich mehr enttäuscht hat als irgendwer sonst. Dieser Abend ist das Ende unserer langjährigen Freundschaft.«
Ratloses Schweigen und alle schauen zu mir herüber.
Ich will etwas sagen, aber mein Mund ist wie zugeklebt, meine Zunge klebt am Gaumen. Kreuz und quer schießen die Gedanken durch meinen Kopf.
»Ein solches Ausmaß an Enttäuschung«, fährt Lukas fort, »ist natürlich nur möglich, weil er bis dahin mein bester Freund

war. Da wird man anfällig für Enttäuschungen. Man gibt sich preis und wird verletzlich. Kein anderer hätte mich so sehr treffen können wie er.«
Keine Sekunde lässt er mich aus den Augen, aber endlich finde ich meine Sprache wieder.
»Wovon redest du eigentlich?«
Fragend sieht er mich an.
»Du weißt es wirklich nicht, oder?«
»Bist du echt so bescheuert?«, schaltet sich Danny ein. »Du hast ihm die Alte ausgespannt, Mann. Die Sache ist doch total klar. Das checkt doch jeder Depp.«
»Hey!«, ruft Lukas begeistert. »Dafür gibt es jetzt aber doch noch mal zwei Extrapunkte. Während du blöde dahockst, David, und so tust, als hättest du keine Ahnung, wovon ich überhaupt spreche, spuckt unser Danny die richtige Antwort ganz nebenbei mal eben so aus. Ich hätte es zwar anders formuliert, aber von der Sache her trifft es den Kern absolut.«
»Wie hättest du es denn formuliert?«, schaltet sich überraschend Sara ein.
»Ich hätte gesagt, mein bester Freund gräbt dich genau im selben Moment an, als er erfährt, dass ich mich in dich verliebt habe.«
Sara lacht auf. »Verliebt?«
»Ja, verliebt. Nicht verknallt oder so was. Und das ist etwas anderes, das kannst du mir glauben, etwas ganz anderes. Sich zu verlieben ist schön und tut gleichzeitig weh.«
»Du und dich verlieben«, sagt Sara. »Schon der Gedanke ist lächerlich. Und dann auch noch in mich.«
»Und wieso?« Lukas versucht angestrengt, cool zu erscheinen.
»Weil du kalt bist wie eine Hundeschnauze«, behauptet Sara.
»Der einzige Mensch, den du liebst, das bist du selbst. Außerdem hat David mich nicht *angegraben.*«

»Ach nee«, meint Danny grinsend. »Was war das denn gerade?«
»Halt du dich da raus, Blödmann!«, zischt Sara. Und zu Lukas: »Wenn hier einer den anderen angegraben hat, dann ich ihn und nicht umgekehrt. Dass das mal klar ist.«
»Ich seh doch, wie er dich anglotzt.« Lukas ist außer sich. »Er nutzt jede Gelegenheit, um in deiner Nähe zu sein. Andauernd will er über dich reden.«
»Jetzt mach aber mal halblang«, sage ich. »Ich hab bis gerade eben geglaubt, dass Sara total auf dich steht ...«
»Das ist es ja gerade«, kontert Lukas. »Trotzdem hast du sie gewollt. Und jetzt hast du es geschafft: Herzlichen Glückwunsch!«
»Gehen wir?«, fragt Sara und setzt sich auf die Kante meines Sessels.
»Nein«, sage ich leise, aber entschieden. »Ich bleibe.«
»Dann also weiter im Text«, meint Lukas fast erleichtert. »Auf zur dritten Runde.«
Er kommt hoch, geht im Zimmer hin und her, sucht nach den richtigen Worten.
»Wenn ich nicht aufpasse«, sagt er schließlich, »wird hier wahrscheinlich gleich so was wie Panik ausbrechen. Wenigstens bei Sara und Malte. Die anderen wissen Bescheid, zumindest halbwegs.«
Schröder. Bei dem Gedanken an ihn durchläuft mich eine eisige Welle.
»Wie ihr wahrscheinlich schon kapiert habt«, fängt Lukas umständlich neu an, »hat jeder von euch eine besondere Bedeutung in meinem Leben. Jeder von euch hat mir extreme Gefühle beschert. Kevin Angst, David Enttäuschung, Malte Ekel und Sara Liebe. Danny ist die Ausnahme, er ist einfach nur brutal, was ich aber heute hier brauche, wie schon erwähnt. Der

Letzte, der fehlt in unserer netten kleinen Runde, ist der Mensch, der … wie soll ich sagen … den allerschwersten Fehler an mir begangen hat.«

Wie bitte? Wer hat denn hier wem die Reifen zerstochen? Was redet er da? Ich hab nicht die leiseste Ahnung, was nun kommen wird.

»Allerdings habe ich davor etwas getan, was vielleicht noch schlimmer ist«, sagt Lukas. »Auch wenn ich zu meiner Entschuldigung sagen muss, dass ich damals, im Gegensatz zu ihm, noch ziemlich klein war. Fast noch ein Hosenscheißer.«

Ich verstehe immer weniger.

»Er hat mich bei etwas erwischt«, fährt Lukas fort, »das ich nicht hätte tun dürfen. Bei etwas, das so schlimm ist, dass ich es erst ganz am Ende erzählen kann und auch werde. Aber zuerst möchte ich eure Meinung hören.«

Er kniet sich wieder in unsere Runde und blickt von einem zum anderen.

»Wenn ein Erwachsener ein Kind bei etwas erwischt«, fragt er endlich, »von dem das Kind noch nicht wirklich begreift, wie schlimm es ist, ist er da nicht verpflichtet, die Sache aufzuklären?«

»Ich versteh kein Wort«, meint Kevin.

»Ich sag doch«, ergänzt Danny. »Der Typ ist völlig durchgeknallt.«

Lukas übergeht die beiden.

»Sara?«, fragt er. »Malte? Was meint ihr? David? Nun redet doch. Ich brauche eure Antwort.« Er klingt fast verzweifelt.

Als wir alle stumm bleiben, macht er weiter: »Wenn der Erwachsene die Sache nicht aufklärt, nimmt er dem Kind damit nicht die Chance, seine Schuld loszuwerden?«

»Etwas deutlicher müsstest du schon werden«, sage ich.

»Natürlich hast du recht«, meint Sara. »Die Verantwortung

liegt immer beim Erwachsenen, nie beim Kind, egal was passiert.«

Lukas lächelt befreit.

»Danke«, sagt er. »Ich wusste, dass du mich verstehst, Sara. Wir würden super zusammenpassen. Unsere Seelen sind verwandt.«

»Das wüsste ich aber.« Verächtlich winkt Sara ab.

Wieder geht Lukas im Zimmer auf und ab wie ein Panther im Käfig.

»Bevor ich euch alles erkläre«, sagt er schließlich und öffnet die Schublade eines kleinen Schränkchens, »muss ich euch noch etwas zeigen.« Er kramt in der Lade herum, findet dann offenbar das Gesuchte, holt es aber noch nicht heraus.

»Mann, Alter, nerv nicht.« Danny steht auf, bewaffnet sich mit einem neuen Bier.

»Hinsetzen!«, befiehlt Lukas und hat plötzlich eine Pistole in der Hand, die er auf Danny richtet, mit Sicherheit eine der Waffen seines Vaters. »Wird's bald?«

Ungläubig reißt Danny Augen und Mund auf, fällt wie ein Sack zurück aufs Sofa.

»Was ist denn hier los?«, fragt er geschockt. »Verdammte Scheiße.«

Außer ihm kriegt keiner einen Ton raus. Lukas verschließt die Terrassentür, steckt den Schlüssel in die Tasche und setzt sich auf die Sofakante.

»Nur keine Angst.« Er lässt die Pistole sinken, behält sie aber in der Hand. »Das Ding hier habe ich nur zur Sicherheit. Wenn jetzt einer von euch abhauen würde, wäre mein ganzer schöner Plan im Eimer. Das versteht ihr doch sicher, oder?«

Ohne das leiseste Lächeln schaut er von einem zum anderen.

»Und was willst du tun«, fragt Sara, »wenn ich jetzt aufstehe und einfach gehe? Erschießt du mich dann?«

»Wenn ich du wäre«, sagt Lukas, »würde ich es nicht ausprobieren.« Er klingt nicht, als würde er scherzen.

»Selbst wenn du es versuchen würdest«, kontert sie, »wäre ich viel schneller draußen, als du mit dem Ding da klarkommst.« Sie grinst. Ich frage mich, ob sie blufft oder ob sie Lukas' Drohung wirklich nicht ernst nimmt. Ich selbst weiß nicht, was ich von der Sache halten soll. Es ist schon so viel passiert an diesem Abend …

»Die Türen sind abgeschlossen«, erklärt Lukas. »Auch die Haustür. Dadurch gewinne ich genug Zeit. Wie du siehst: Eine ganz einfache Rechnung.«

Malte ist blasser als je zuvor und wirkt wie gelähmt, seine Bewegungen gleichen denen einer Marionette.

»Und?«, fragt Sara, scheinbar gelangweilt. »Was ist es nun Großartiges, das du uns erzählen willst und vor dem wir nicht fliehen dürfen, du Meistergangster?«

Lukas geht zum CD-Player. Die Pistole in der Hand, lässt er uns keinen Moment aus den Augen. Kevin und Danny sehen aus wie Tiere auf der Lauer.

»Bei ein bisschen Musik plaudert es sich doch besser«, meint Lukas, stellt noch mal eine Adam-Green-CD an und setzt sich wieder.

»Am besten machen wir da weiter«, sagt er zu Sara, »wo wir gerade unterbrochen haben: Der Erwachsene trägt die Verantwortung, nicht das Kind. Soweit waren wir uns ja einig.«

»Der Typ nervt ohne Ende!«, wirft Danny ein.

»Wo er recht hat«, sagt Sara, »hat er recht. Es wird langweilig. Du trittst mal wieder auf der Stelle, mein Lieber.«

»Findest du?« Lukas scheint ehrlich überrascht. »Das will ich nun aber wirklich nicht: euch langweilen. Stimmt, was sie sagt?« Eine leise Drohung schwingt in seinen Worten mit. Fragend blickt er in die Runde, aber keiner antwortet ihm.

»Malte? Langweile ich dich? Mal ganz ehrlich?«
»Auf keinen Fall«, sagt Malte. Seine Stimme zittert nervös, wenn auch kaum hörbar.
Lukas scheint zufrieden.
»Siehst du, Sara. Malte amüsiert sich prächtig.«
Noch einmal macht sein Blick die Runde.
»Der Erwachsene, von dem ich spreche«, sagt er langsam und senkt den Blick, »ist Schröder, mein Nachbar. Und das Kind bin natürlich ich. Nur für die, die es noch nicht kapiert haben.«
Kevin zieht ein zerknittertes Päckchen Tabak aus seiner Tasche. Mit fahrigen Fingern beginnt er, eine Zigarette zu drehen. Lukas beobachtet ihn ruhig, auch wenn er mit seinen Gedanken ganz woanders ist.
»Aber macht euch keine Sorgen«, sagt er. »Heute wird er zur Verantwortung gezogen.«
»Wovon redest du?« Ich spüre Saras wachsende Unruhe geradezu körperlich.
Lukas schlägt sich mit der flachen Hand gegen die Stirn. »Ach«, ruft er, »das habe ich schon wieder vergessen. Ihr wisst es ja noch gar nicht alle: Schröder liegt bei uns in der Garage und kann sich nicht rühren.« Er schaut zur Uhr. »Allerdings müsste er schon eine ganze Weile wieder bei Bewusstsein sein. Vielleicht sollten wir ihn mal reinholen. Ich würde vorschlagen, das übernehmt ihr beiden.« Er sieht Kevin und Danny an, die bewegungslos dasitzen, Kevin mit der halb fertigen Zigarette in der Hand. »Na los. Worauf wartet ihr. Holt ihn zu uns in die warme Stube.«

(18)

Well times are bad
And all the times you're feeling sad

Lukas klopft mit der linken Hand die Melodie auf seinem Bein mit, während er in der rechten weiter die Pistole hält. Er lächelt uns an, in Gedanken wieder meilenweit entfernt. Es ist jetzt schon ein paar Minuten her, dass Kevin und Danny gegangen sind. Langsam frage ich mich, ob sie vielleicht die Gelegenheit genutzt haben, sich zu verkrümeln.
»Ihr könnt das alles nicht verstehen«, sagt Lukas plötzlich zu Sara und mir. »Aber es wird nicht mehr lange dauern. Ihr braucht nur noch ein bisschen Geduld.«
Malte ignoriert er völlig. Plötzlich fühle ich mich, als sei ich nur Zuschauer in irgendeinem Film. Ich bin seltsamerweise völlig ruhig.

Well it's hard to walk around
Feeling like a circus clown

Ein lautes Poltern kommt aus Richtung Garage und nur wenige Sekunden später stehen Danny und Kevin im Wohnzimmer. Zwischen sich haben sie Schröder, dessen Augen hinter den Brillengläsern vor Entsetzen und Angst weit aufgerissen sind. Er ist noch immer gefesselt und der Mund mit einem Pflaster verklebt. Verzweifelt versucht er, etwas zu sagen, was aber natürlich nicht geht. Dann sieht er die Pistole in Lukas' Hand. Einen kurzen Moment befürchte ich, dass er vor Schrecken gleich wieder in Ohmacht fällt.
»Was ist das denn?!«, ruft Sara. »Was habt ihr mit ihm

gemacht? Seid ihr wahnsinnig?!« Fassungslos will sie aufstehen, aber ich halte sie zurück und plötzlich scheint sie einzufrieren: Ihr Körper erstarrt von einer Sekunde zur anderen. Malte hat sich mittlerweile praktisch unsichtbar gemacht. Schröder steht zwischen Kevin und Danny wie ein verschnürtes Paket. Er versucht jetzt auch nicht mehr, etwas zu sagen.

Feeling like a circus clown

»Setzt euch«, ordnet Lukas nüchtern an. »Und behaltet ihn in eurer Mitte.« Grinsend fügt er hinzu: »Ich glaube, da fühlt er sich ganz wohl.«

Widerspruchslos schleifen die beiden den hilflosen Schröder mit sich zum Sofa. In Sara kehrt das Leben zurück.

»Jetzt reicht es!«, sagt sie scharf. »Entweder lasst ihr ihn sofort frei oder ich rufe die Polizei.«

»Das wirst du nicht tun, mein Herz«, antwortet Lukas klar. »Und ich kann Herrn Schröder leider noch nicht die Fesseln abnehmen. Das würde die Sache nur unnötig komplizieren. Glaub mir.« Er lächelt, es sieht fast freundlich aus.

Sara steht auf, geht ganz gezielt zum Telefon und nimmt es von der Station.

»Ach Mädchen, lass doch die Spielereien.« Lukas redet mit ihr wie ein Lehrer mit einem aufsässigen, begriffsstutzigen Kind. »Ich kann dich jetzt nicht anrufen lassen. Wir sind doch noch gar nicht am Ende. Wenn das alles hier vorbei ist, kannst du machen, was du willst. Aber bis dahin gelten meine Regeln, hast du das denn noch immer nicht kapiert?«

Langsam geht er auf sie zu, seine Stimme klingt sanft. Die Pistole scheint mit seiner Hand verwachsen.

»Du wirst schon merken«, sagt er, »wenn das Spiel vorbei ist. Das verspreche ich dir.«

Sara lässt sich nicht beirren und tippt eine Nummer ein. Lukas ist jetzt bei ihr. Wie aus dem Nichts holt er kurz mit der Linken aus und schlägt ihr mit solcher Wucht das Telefon aus der Hand, dass es quer durchs Zimmer segelt. Es knallt gegen die Wand und fällt auf den Teppich wie ein Apfel vom Baum. Giftpfeile schießen aus Saras Augen. »Hast du sie noch alle!?«, fährt sie ihn an. Ich hätte nicht gedacht, dass sie so laut schreien kann. Instinktiv weicht Lukas zwei Schritte zurück und hält sich Sara mit der Pistole vom Leib. Sie starrt ihn an. Ihr Mund bleibt ein wenig geöffnet, als habe sie noch etwas sagen wollen. Plötzlich erwache ich aus meiner Lethargie.
»Jetzt hör auf mit dem Quatsch, Mann«, sage ich. »Das ist kein Spaß mehr.«
Ohne Zögern richtet Lukas die Waffe auf mich. Es ist ein merkwürdiges Gefühl, wenn einem jemand den Lauf einer geladenen Pistole entgegenhält. Plötzlich hat man wirklich Angst, dass der andere *schießt*. Selbst wenn es eigentlich der beste Freund ist. Und diese Angst lähmt einen total.
»Hinsetzen, verdammt!«, schreit Lukas. »Du auch, Sara! Sofort! Ich mach keinen Quatsch.«
Wir beide denken keine Sekunde daran, seine Anweisung zu ignorieren. Ohne jedes Zögern, stumm und ohne ihn aus den Augen zu lassen, setzen wir uns.
»So«, sagt Lukas, nun ganz ruhig. »Und jetzt schalten wir alle wieder runter. Sonst macht das Ganze weder Spaß noch Sinn. Oder, Malte?«
»Keine Ahnung.« Malte sieht aus, als würde er am liebsten weinen und rausrennen, was ich gut verstehen kann. Tatsächlich sagt er: »Aber ich muss jetzt nach Hause. Meine Eltern suchen mich sonst.«
»Keine Sorge«, sagt Lukas lächelnd und so, als könne er Malte damit wirklich beruhigen. »Sie suchen dich nicht. Deine

Theaterprobe wäre jetzt ja noch nicht mal zu Ende. Natürlich kannst du jetzt nicht gehen. Wir sind noch mittendrin, Malte. Ich weiß gar nicht, was ihr alle habt. Seid ihr wirklich so schwer von Begriff oder tut ihr nur so?«
Kaum merklich verschärft sich sein Ton und wird dann urplötzlich wieder ganz sanft: »Wir haben doch noch nicht mal unsere dritte Runde gespielt.«
Langsam schaut er von einem zum anderen. »Aber ich will euch jetzt nicht länger auf die Folter spannen. Die letzte Frage an euch wird später sein, was ich mit Herrn Schröder machen werde, wenn diese Party zu Ende ist. Natürlich müsst ihr vorher wissen, was er verbrochen hat, das ist ja klar. Sonst macht die Frage keinen Sinn.«
Er trabt nun hin und her, als habe er über wichtige Details nachzudenken.
»Um ein bisschen Schwung in die Bude zu bringen«, sagt er aufgekratzt, »habe ich die Story aufgeschrieben. Und ich möchte, dass du sie uns vorliest, Sara.«
»Sonst geht's noch?«, fragt sie. »Warum sollte ich das tun?«
Lukas hockt sich vor sie und legt eine Hand auf ihren Oberschenkel.
»Ganz einfach«, erklärt er geduldig. »Weil du die schönste Stimme von allen hast. So weich und schmeichelnd wie ein Sommerwind. – In dieser Angelegenheit dulde ich übrigens keinen Widerspruch.«
»Du kannst mich mal.«
Er überhört ihren Einwand und fährt fort: »Du müsstest nur noch eben das Manuskript holen, mein Herz. Dummerweise liegt es in der Küche. Ich kann ja hier leider nicht weg, wie du verstehen wirst.«
Als sie keine Anstalten macht, drängt Lukas sich zwischen

mich und Sara aufs Sofa und drückt den Lauf der Pistole gegen mein Bein.

»Wenn du nicht gehst«, sagt er lächelnd, »wird dein neuer Freund hier eine ganze Weile Schwierigkeiten haben, überhaupt zu gehen. Kann auch sein, dass es nie wieder klappt.«

Sara steht jetzt auf, zögert aber noch.

»Nun mach schon«, fordert Lukas. »Setz deinen hübschen kleinen Hintern in Bewegung und hol das Skript aus der Küche. Es liegt im Schrank in der oberen Schublade.«

Sara sieht mich noch einmal an und geht schließlich.

»Und keine Dummheiten!«, ruft Lukas ihr freundlich hinterher. »Das wäre ein fataler Fehler. – Ach Kevin, mach doch bitte schon mal die Musik aus, das stört ja sonst.«

Kevin scheint nicht mal drüber nachzudenken, Lukas' Anordnung nicht zu befolgen, und springt sofort auf.

»Ich bin schon ganz aufgeregt«, sagt Lukas. »Vielleicht will ich mal Schriftsteller werden. Und ihr seid die Ersten, die eine Geschichte von mir hören werden. Bisher habe ich mich so was nicht getraut. Ich bin sehr gespannt, wie sie euch gefällt.«

Sara kommt mit ein paar zusammengefalteten DIN-A4-Blättern zurück.

»Setz dich bitte da vorne auf den Sessel«, sagt Lukas. Er steht auf und richtet das Licht der Stehlampe wie einen Scheinwerfer auf sie. Geblendet hält sie die Hand vors Gesicht.

»Jetzt bist du unser kleiner Star«, sagt er, grinst, stellt die Lampe etwas herunter und setzt sich wieder neben mich. »Und immer schön dran denken, dass es eine wahre Geschichte ist. Leg los, Sara.«

Mein letzter Blick, bevor Sara anfängt zu lesen, geht zu Schröder. Er hockt völlig zusammengesunken zwischen Danny und Kevin, macht keinerlei Anstalten sich zu wehren. Sein Blick ist so starr auf den Boden gerichtet, als sei er dort festgeklebt.

(19)

»Er ist der Mensch, den ich am meisten hasse. Er ist schuld an meinen Albträumen. Wenn ich ihn sehe, wird mir schlecht. Und dass ich ihn so oft sehen muss, ist für mich das Schlimmste überhaupt. Er wohnt direkt nebenan. Ich sehe ihn jeden Tag. Ich frage mich, wie er mit seiner Schuld lebt. Mit seiner Schuld mir gegenüber.
Aber manchmal, wenn ich mir diesen selbstgefälligen Zwerg so ansehe, glaube ich, dass er gar nicht weiß, was Schuld überhaupt ist. Er hat keinen Schimmer, dass er mein Leben zerstört hat. Am liebsten würde ich ihn auslöschen. Auslöschen wie einen Bleistiftstrich mit dem Radiergummi. Vielleicht nimmt er dann seine Schuld mit und meine Albträume gleich dazu ...«
»Verdammte Scheiße!« Wütend springt Kevin auf. Die Selbstgedrehte, die er sich gerade angesteckt hat, fällt aus seiner Hand auf den Teppich, was er nicht mal zu bemerken scheint. »Ich hau ab. Diesen Mist hör ich mir nicht länger an. Das ist doch total krank, Mann! Der Typ muss unbedingt mal zum Psychodoktor, sonst sehe ich echt schwarz. Komm, Danny, wir machen die Biege.«
Danny widerspricht nicht, obwohl es scheint, als wolle er lieber bleiben. Kevin entdeckt die glimmende Zigarette und hebt sie auf, sie hinterlässt einen schwarzen Brandfleck auf dem hellen Teppichboden. Er steckt sich die Zigarette in den Mundwinkel und reißt die Zimmertür auf. Er schäumt fast über vor Wut.
»Halt!«, ruft Lukas und richtet die Pistole auf Danny, der inzwischen hinter Kevin steht. »Beim nächsten Schritt schieß ich auf deinen bedepperten Kumpel.«
Mit einem verächtlichen, ungläubigen Zischen dreht Kevin

sich um. Als er weitergehen will, passiert etwas, das von einer Sekunde zur anderen alles verändert. Ein Geräusch wie ein scharfer Peitschenhieb zischt durch den Raum. Es dauert eine Weile, bis ich begreife, dass das ein Schuss war, und den anderen geht es offenbar genauso.
Ich hab keine Ahnung, ob Lukas absichtlich abgedrückt oder ob der Schuss sich versehentlich gelöst hat. Jedenfalls ist er der Einzige, der unbewegt scheint. Niemand wagt es, auch nur den kleinen Finger zu rühren. Angst und Ungläubigkeit lähmen jeden von uns. Das dauert so lange, dass ich schließlich denke, es würde nie vorbeigehen. Aber allmählich begreife ich wenigstens, dass niemand verletzt ist. Ich hab keine Ahnung, wo der Schuss gelandet ist, aber solange keiner getroffen wurde, ist das auch egal.
»Hinsetzen!«, befiehlt Lukas scharf. »Sofort!«
Mit steifen Schritten und ohne den geringsten Widerspruch machen Danny und Kevin sich auf den Rückweg zum Sofa.
»War nur ein Warnschuss«, meint Lukas und lächelt etwas. »Der erste und gleichzeitig der letzte. Beim nächsten Mal treffe ich, was mir hoffentlich jeder hier glaubt, ohne dass ich es beweisen muss. – Und jetzt, Sara, weiter im Text. Und zwar …«, er steht auf, wirft einen kurzen Blick auf die Blätter in Saras Hand und reißt ihr das erste davon weg. Er zeigt auf eine bestimmte Stelle der nächsten Seite, »… ab hier. Ich glaube, die Einleitung ist ein bisschen lang geraten, was wohl doch den einen oder anderen hier intellektuell überfordert.«
Sara räuspert sich, bevor sie fortfährt: »Cora hab ich geliebt. Glaub ich jedenfalls. Denn wenn ich mir heute vorstelle, sie würde noch leben und ich hätte eine kleine Schwester, könnte ich vor lauter Glück losheulen. Dann wäre ich nicht alleine. Auf der anderen Seite hat sie mich damals natürlich auch genervt.

Immer war irgendwas mit ihr und sie hat geschrien ohne Ende. Sie hatte Blähungen, Bauchschmerzen … oder … oder. Und natürlich vor allem dann, wenn ich mal mit ihr alleine war. Meine Mutter hatte nichts anderes mehr im Kopf als diesen elenden Wurm. Weil ich weder Dauerblähungen noch Bauchschmerzen hatte, existierte ich für sie praktisch nicht mehr. Höchstens, um mal ein paar Minuten auf Cora aufzupassen.

Dabei erinnere ich mich nur an ganz wenige Einzelheiten, vor allem an dieses Gefühl, dass meine Mutter mich nicht mehr liebte, weil sie nur noch an diese quakende Kröte dachte. Das Gefühl war praktisch immer da und tat wahnsinnig weh. Irgendwie machte alles keinen Sinn mehr und auch keinen Spaß. Und plötzlich stellte ich mir vor, wie es wäre, wenn Cora einfach wieder verschwinden würde.

Es gab eine Zeit *vor ihr*, die gut gewesen war. Und ich zweifelte immer weniger daran, dass die Zeit *nach* ihr es auch wieder werden könnte. Also fing ich an, mir zu wünschen, dass sie tot sei.

Ich wünschte es mir mit aller Kraft. Ich betete sogar dafür. Beten hatte mein Vater mir beigebracht, wenn er abends an meinem Bett saß, um mir eine gute Nacht zu wünschen.

Lieber Gott, mach mich fromm,
dass ich in den Himmel komm.

Das war unser Gebet, ganz einfach. Jetzt brauchte ich den Text nur ein bisschen verändern, ungefähr so:

Lieber Gott, lass Cora sterben,
dass sie in den Himmel kommt.

Denn das hatte mein Vater mir auch erklärt, dass Verstorbene in den Himmel kommen. Sterben musste also mit Frommsein zusammenhängen, denn in beiden Fällen kam man in den Himmel. Und da sollte es ja wohl, unbestätigten Gerüchten zufolge, besonders schön sein.
Sterben war also eigentlich nichts wirklich Schlimmes, auch wenn alle immer so taten, als ob. Eigentlich war in den Himmel zu kommen eine Belohnung, zum Beispiel wenn man fromm war. Deshalb war mein Gebet auch nicht böse und ich auch nicht.

Wenn sie erst im Himmel ist,
hat Mama mich so lieb wie früher.
Und ich werd ganz sicher fromm,
dass auch ich in den Himmel komm!

So oder ähnlich ging mein Gebet weiter. Schon bald sagte ich es jeden Morgen und jeden Abend, wenn ich alleine im Bett lag. Manchmal sogar noch zwischendurch, wenn ich die Gelegenheit dazu fand. Ein großer Vorteil bei Gebeten war ja, dass ich sie nicht unbedingt laut sprechen musste. Ich konnte sie auch denken und trotzdem hatten sie ihre Wirkung. Ich konnte sie überall anwenden. Denn die Einzigen, die die Gedanken hören konnten, waren ich selbst und der liebe Gott. Ganz nebenbei war viel beten ja auch die beste Möglichkeit, fromm zu werden.
Ich weiß nicht, wie lange das so ging, aber mir kam es ganz schön lange vor. Ich betete und betete und wünschte mir, dass Cora wieder weg wäre, aber nichts passierte. Nichts änderte sich. Sie hatte weiter Blähungen oder Husten und sie schrie und schrie und meine Mutter machte sich Sorgen um sie und hatte sie lieb. Ich dagegen war todunglücklich. Manchmal

wünschte ich mir sogar, dass, wenn der liebe Gott Cora schon nicht zu sich in den Himmel holen wollte, er wenigstens mich nehmen sollte, aber auch das tat er nicht.
Ja, und dann kam der Tag, an dem Cora starb. Ich war mit ihr alleine zu Hause, nur ganz kurz, meine Mutter war bei einer Freundin im Dorf, wollte aber schnell zurück sein. Falls irgendwas war, sollte ich sie anrufen und sie würde in ein paar Minuten zu Hause sein. Trotzdem ging sie nur, weil sie Cora gerade erst hingelegt hatte und ganz sicher war, dass sie so schnell nicht aufwachen würde, sonst hätte sie mich nie mit ihr alleine gelassen.
Kaum war sie aus dem Haus, fing Cora an zu schreien. Die Tür zu ihrem Zimmer war nur angelehnt, sodass ich es sofort hörte. Ich hatte das Telefon schon in der Hand, um meine Mutter anzurufen, als ich plötzlich eine bessere Idee hatte. Wenn ich es selbst schaffte, dass Cora mit dem Schreien wieder aufhörte, würde meine Mutter mich garantiert loben. Auf jeden Fall würde sie mir übers Haar streicheln, mich vielleicht sogar in den Arm nehmen, was sie, soweit ich mich erinnerte, schon eine ganze Weile nicht mehr getan hatte.«
»Oh, der arme kleine Bubi!«, fährt unvermittelt Danny dazwischen. »Hat die Mami ihn gar nicht richtig lieb. – Sag mal, wie lange müssen wir uns diesen Schmus hier eigentlich noch reinziehen? Da hab ich echt keinen Bock mehr drauf.«
»Tja, mein Guter«, lächelt Lukas und streichelt versonnen die Pistole in seiner Hand. »Wie sagt man so schön? Mitgefangen, mitgehangen – oder so ähnlich. Selbst du müsstest doch geschnallt haben, dass jeder von euch bis zum Ende hierbleibt.«
»Aber …« Danny will aufstehen, Kevin drückt ihn zurück.
»Kein Aber!«, herrscht Lukas ihn an. »Würdest du jetzt bitte

weiterlesen, Sara? Ich fand, dass es gerade richtig spannend wurde.«

»Ich bin mir nicht sicher«, sagt Sara, »ob ich überhaupt wissen will, was hier noch alles steht …«

»Tja!« Lukas zuckt mit den Schultern, als sei er der Letzte, der daran etwas ändern könnte. »Es nützt nun mal alles nichts, Sara. Wir haben das hier angefangen, da müssen wir es auch zu Ende führen. Wir können jetzt ja nicht mittendrin abbrechen. Wie soll dann alles weitergehen?«

»Wie wär's«, meldet Malte sich überraschend zu Wort, »wenn einfach jeder von uns nach Hause geht und wir das alles hier vergessen?«

»Keine gute Idee!«, sagt Lukas entschieden. »Überhaupt keine gute Idee. Selbst wenn ihr es schaffen könntet, alles zu vergessen, wäre es trotzdem völlig unmöglich. Und weißt du auch, warum? Weil *ich* es nicht kann. Es geht einfach nicht. Ist der Deich erst mal gebrochen, gibt es für das Wasser kein Zurück mehr. Versteht ihr?«

Er blickt in die Runde, aber keiner sagt mehr was.

»Also, Sara, weiter!«

»Es ist deine Geschichte«, sagt sie. »Du musst es wissen.«

»Leg los! Und jetzt bleiben wir alle schön ruhig, bis die gute Sara fertig ist. Klar?«

»… mich vielleicht sogar in den Arm nehmen«, liest sie noch einmal den letzten halben Satz, »was sie, soweit ich mich erinnere, schon eine ganze Weile nicht mehr gemacht hat. Also ging ich in Coras Zimmer und trat an ihr Bett. Ich sagte ihr, dass sie aufhören solle zu weinen, aber natürlich machte sie das nicht. Sie beachtete mich überhaupt nicht. Ich zog an der Spieluhr, die über ihrem Bett hing. *Guter Mond, du gehst so stille;* nichts, sie krähte, was das Zeug hielt. Ich schrie sie an. Daraufhin verstummte sie kurz und schaute durch die Gitterstäbe ihres Kinderbetts in meine Richtung, ohne mich allerdings direkt anzusehen. Es war ziemlich dunkel im Zimmer, ein Rollo mit irgendwelchen bunten Figuren drauf war vors Fenster gezogen, man konnte nicht viel erkennen. Ich zog mir einen Stuhl ans Bett und stellte mich darauf. So konnte ich besser an Cora rankommen. Ich dachte, dass es vielleicht etwas helfen würde, wenn ich ihr Gesicht streichelte. Die Spieluhr lief noch immer.

Durch die Gitterstäbe hindurch hatte ich das nicht geschafft, sie lag einfach zu weit weg. Jetzt beugte ich mich über das Gitter und streichelte mit einer Hand ihr Gesicht. Aber statt mit dem Schreien aufzuhören, erschrak sie und schrie nur noch lauter. Ich wurde wütend und schrie sie wieder an. Das führte jedoch nur dazu, dass sie noch mal mächtig zulegte. Schließlich schrien wir uns gegenseitig an. Eigentlich war das auch ein bisschen komisch, wenn man's mal genau überlegt. Plötzlich dachte ich, was wohl wäre, wenn jetzt meine Mutter zurückkäme, und nackte Panik erfasste mich. Augenblicklich hörte ich auf zu schreien. Nie wieder würde sie mich mit Cora allein lassen. Sie würde die Kleine aus dem Bett heben, sie auf den Arm nehmen und trösten, bis sie sich beruhigt hatte. Mit mir würde sie schimpfen, bis ich heulte. Und nie, nie, nie wieder würde sie mich lieb haben. Meine Wut auf das winzige Monster, das da vor mir lag und sich die Seele aus dem Leib schrie, wurde immer größer. Und die blöde Spieluhr hörte nicht auf.

Dann glaubte ich, vom Flur her Geräusche zu hören, irgendein Scheppern. Dieser Schreihals musste aufhören mit der Heulerei, und zwar sofort! Sonst war alles zu spät. Das da draußen konnte nur meine Mutter sein. Wahrscheinlich hatte sie irgendwas vergessen und war deshalb zurückgekommen. Oder ihre Freundin war nicht zu Hause.

Egal, im Haus war jemand, und Cora dachte gar nicht daran, leiser zu schreien, geschweige denn, aufzuhören. In meiner Verzweiflung zog ich das Kissen unter ihrem Kopf weg und legte es auf ihr Gesicht. Die erwünschte Wirkung trat sofort ein. Zwar spürte ich durch das Kissen hindurch, dass sie weiterheulte, aber es war nichts mehr zu hören. Auch die Spieluhr verstummte endlich. Ich drückte das Kissen vorsichtig, aber entschieden nach unten. Es dauerte höchstens ein paar Sekunden und Cora hatte aufgehört zu schreien. Soweit ich mich erinnern kann, hat sie sich nicht mal aufgebäumt, was mich im Nachhinein ehrlich wundert.
Sie hat sich kein bisschen gewehrt. Sie hat einfach mit dem Schreien aufgehört und dann mit dem Atmen. Vielleicht auch beides gleichzeitig. Die Geräusche auf dem Flur waren verschwunden.
Es war jetzt vollkommen ruhig im Haus. Ich nahm das Kissen von Coras Gesicht. Sie sah aus, als schlafe sie, gleichzeitig aber auch ganz anders, eigentlich wie ein anderer Mensch. Ich konnte mich nicht erinnern, sie jemals so friedlich gesehen zu haben. Ich schaute sie lange an. Ich glaube, in diesen Augenblicken fühlte ich nichts, absolut gar nichts. Ich hab einfach nur geguckt. Ich war weder erschrocken noch ängstlich oder zufrieden. Auch nichts anderes. Ich hatte noch nicht kapiert, was gerade passiert war. Ich hatte keine Ahnung, dass Cora tot war. Ich dachte aber auch nicht, dass sie noch lebte. Genau wie ich nichts fühlte, so dachte ich auch nichts. Ich war völlig leer. Dann spürte ich, dass jemand hinter mir stand. Erschrocken fuhr ich zusammen …«
Sara hustet.
»Sorry«, sagt sie und kann mit dem Husten gar nicht wieder aufhören. »Aber ich muss was trinken. Mein Hals ist total trocken.«

(20)

Saras Husten steigert sich zum regelrechten Hustenanfall. Ich gebe ihr ein großes Glas Wasser, und sie trinkt es, aber sie beruhigt sich nur langsam.
»Nun lies schon weiter«, fordert Kevin ungeduldig. »Jetzt, wo es endlich spannend wird.«
Schröder sitzt weiter wie ein nasser Sack zwischen Danny und Kevin auf dem Sofa. Alles Leben scheint aus ihm gewichen.
Sara räuspert sich noch mal und fährt dann fort: »Es konnte nur meine Mutter sein. Auch wenn ich mich wunderte, dass sie nichts sagte, und erst recht, dass sie nichts *machte*. Noch bevor ich mich umdrehen konnte, trat sie von hinten an mich heran und legte eine Hand auf meine Schulter. Ich spürte die Blicke, die sie über meinen Kopf hinweg auf die friedlich daliegende Cora warf. Ich hab keine Ahnung, wie lange es wirklich war, aber mir kam es ewig vor, wie wir beide so dastanden und Cora einfach nur anschauten.
Ich hörte den Atem meiner Mutter und ich spürte ihre Hand, die immer schwerer wurde auf meiner Schulter. Es war, als wolle sie mich nach und nach auf den Boden drücken oder in der Erde verschwinden lassen. Ich traute mich nicht, mich auch nur einen Millimeter zu bewegen, ich traute mich nicht mal, Luft zu holen. Plötzlich wurde mir schwummerig. Coras Bild verschwamm vor meinen Augen und tauchte in ein schnell dunkler werdendes Grau. Noch einmal wunderte ich mich, dass meine Mutter weiter stumm blieb und nichts tat. Dann wurde mir schwarz vor Augen.«
Sara hört auf zu lesen und schaut in die Runde.
»Hier ist Schluss«, sagt sie.
»Wie, Schluss?«, fragt Kevin verdattert.

»Na, es geht nicht weiter.«
»Aber natürlich geht es weiter«, meint Lukas. »Es geht immer irgendwie weiter. Nur eben nicht auf dem Papier, das du da in Händen hältst. Aber jetzt hätte ich erst mal Lust, Musik zu hören. Zur Entspannung gewissermaßen. Was meint ihr?«
Keiner antwortet ihm.
»Na gut«, sagt er schließlich. »Dann eben nicht. Aber vielleicht will noch jemand was trinken.«
»Ich muss vor allem pinkeln«, meint Danny.
»Dann geh«, sagt Lukas. »Aber lass dir nicht einfallen, irgendwelchen Blödsinn zu veranstalten. Ich kann es mir nicht mehr leisten, zimperlich zu sein.«
»Hör auf zu labern«, sagt Danny und verschwindet.

Natürlich ist Danny nicht der Einzige, der mal rausmuss. Bis wir alle wieder zusammensitzen, dauert es eine ganze Weile.
»Da hätte ich auch Musik anstellen können!«, meint Lukas. Er tut so, als gäbe es im Augenblick nichts Wichtigeres auf der Welt. Er kommt erst auf andere Gedanken, als auch Schröder sich zum Austreten meldet. Lukas guckt verwirrt, als habe er damit nie im Leben gerechnet.
»Unmöglich«, erklärt er entschlossen. »Wie soll das denn funktionieren? Ich kann dir jetzt die Fesseln nicht abnehmen. Und ich kann auch nicht mitkommen, dann hauen die anderen ab. Du musst warten.«
Schröder sieht aus, als ob ihm das Wasser jeden Moment aus den Augen tritt, aber er protestiert nicht lange.
»So«, sagt Lukas, »nun kommt die dritte Aufgabe. Sie ist ganz einfach. Ihr habt eine halbe Minute Zeit. Wir müssen das wieder schriftlich machen, damit jeder die gleichen Bedingungen hat. Wäre ja sonst unfair, oder? Schließlich geht es hier um einiges.«

Er verteilt Zettel und Stifte.
»Ich werde die Frage jetzt stellen«, erklärt er. »Wenn ihr sie alle verstanden habt, läuft die Uhr. Wie gesagt, eine halbe Minute. Dann faltet jeder sein Blatt zusammen und gibt es an seinen Nachbarn weiter.«
»Und der hier?«, fragt Kevin und zeigt auf Schröder.
»Den lasst ihr natürlich aus«, grinst Lukas. »Er ist genug damit beschäftigt, sich nicht in die Hose zu machen.«
»Wehe, der pinkelt aufs Sofa!«, droht Danny. »Dann gibt's aber echt ein paar aufs Maul, das verspreche ich dir.«
»Willst du vielleicht mit ihm gehen?«, fragt Lukas genervt.
»Ehe der mich hier anstrullt«, meint Danny. »Ich brauch ihm ja nicht zugucken.«
Lukas überlegt.
»Okay«, sagt er dann. »Lass einfach die Badezimmertür offen und bleib davor stehen.«
»Und die Fesseln?«
»Kannst du abmachen. Den halt ich auch so in Schach.«
Danny wirft Kevin einen fragenden Blick zu, und als der nichts sagt, macht er sich, Schröder fest im Griff, auf den Weg. Lukas schaut mich durchdringend an, und mir wird klar, dass er zugleich mir eins auswischen will, indem er Danny sein Vertrauen schenkt und nicht mir. So gut wie möglich versuche ich, das zu ignorieren.

Als die beiden wieder wohlbehalten auf dem Sofa gelandet sind, sagt Lukas: »Hier die dritte und vorletzte Frage …« Wieder macht er es spannend, indem er eine längere Pause einlegt, bevor er weiterspricht. »Die Geschichte, die Sara uns gerade vorgetragen hat, ist das eine … wahre oder eine erfundene Geschichte? – Alles klar? – Gut, dann läuft ab jetzt die Zeit. Dreißig Sekunden. Und … los!«

In diesem Augenblick passiert etwas völlig Überraschendes. Und dass ausgerechnet ich es bin, der handelt, wundert mich dabei am meisten, denn vor einer Sekunde hab ich es selbst nicht gewusst.

Als Erstes lege ich den Stift und das Blatt beiseite. Dann steh ich auf und gehe die paar Schritte, die mich von ihm trennen, auf Lukas zu. Bei alldem bin ich vollkommen ruhig und ganz fest entschlossen. Ich greife nach seiner Rechten, in der er die Pistole hält, um sie ihm wegzunehmen. Aber in genau diesem Moment erfasst Lukas die Situation. Reflexartig springt er auf und rammt mich mit der Schulter zu Boden. Dabei stürze ich so unglücklich, dass mein Kopf auf die Kante des Wohnzimmertischs knallt. Ein scharfer Schmerz durchfährt mich, und sofort spüre ich, wie warmes Blut aus einer Wunde an meinem Hinterkopf sickert. Sara springt auf, will Lukas angreifen, aber blitzschnell richtet er die Waffe auf sie.

»Halt!«, brüllt er. »Keine …«

Er bricht mitten im Satz ab, weil ich sein Bein zu fassen bekomme. Ich will, dass er fällt, aber irgendwie schaff ich es nicht. Das ist das Letzte, an das ich mich erinnere. Im nächsten Augenblick stürze ich ab in einen dunklen Schacht. Wenn ich mich daran zurückerinnere, ist es, als befände ich mich mehrere Minuten lang im freien Fall abwärts.

Hallo, hier ist Sara! David hat mich gebeten, diese Lücke in seinem Bericht zu schließen. Und das will ich dann mal tun. Vorweg möchte ich kurz erwähnen, dass dies ein Tag war, wie ich ihn noch nie zuvor erlebt habe und hoffentlich auch nie wieder erleben werde. Auf der einen Seite hat es endlich, endlich, endlich gerappelt zwischen mir und David. Das will ich mal so stehen lassen, weil ich es a) damals unheimlich schön fand und b) auch heute noch unheimlich schön finde. Ich hatte so lange darauf gewartet, dass ich eigentlich schon selbst nicht mehr daran geglaubt hatte, dass es irgendwann passieren würde. Deshalb war ein Teil von mir an diesem seltsamen Tag auch total happy.

Ich weiß noch, dass ich diese ganze komische Geschichte von Lukas vorgelesen habe, mir aber immer wieder zumute war, als läse jemand anderer und als hörte ich selbst, Sara, nur zu. Ich war mir fern und fremd, ohne zu wissen, warum.

Ich glaube auch, dass es den anderen ganz ähnlich ging. Jeder Einzelne schien nicht richtig zu verstehen, warum er sich so verhielt, wie er es tat. Selbst Lukas nicht, obwohl ja er es war, der uns in diese Situation gebracht hatte. Es war, als stünden wir alle unter einem geheimnisvollen Bann.

Aber nun zurück zu den eigentlichen Ereignissen.

Ich war fertig mit Lesen und Lukas wollte von uns wissen, ob wir die Geschichte für wahr hielten oder nicht. Er hat ja dieses Spiel mit uns gespielt, in dem wir seine Fragen beantworten mussten und er uns Punkte für die Antworten gab. Das war zwar schon von Anfang an schrill genug, aber so weit ganz lustig. Inzwischen jedoch war ja noch die Sache mit der Pistole hinzugekommen und der gefesselte Nachbar, sodass schon lange überhaupt nichts mehr lustig war.

Kaum hatte Lukas seine Frage an uns gestellt, da passierte etwas, mit dem wohl keiner gerechnet hatte. Wenigstens nicht mehr zu diesem Zeitpunkt. Hätte sich früher einer gewehrt gegen das, was Lukas hier abzog, wäre das absolut normal gewesen. Aber inzwischen hatte die Situation uns alle schon so sehr in ihrem Griff, dass es gar nicht mehr normal erschien, dass jemand ernsthaft aufbegehrte. Ich glaube sogar, dass am wenigsten David selbst damit gerechnet hatte.

Ich sah ihn an und wusste genau, dass gleich etwas passieren würde. Er machte ein Gesicht, als käme er gerade nach einem

langen Tauchgang zurück an die Wasseroberfläche. Und dann ging plötzlich alles irre schnell.
David stand auf, ging zu Lukas und wollte ihm ohne ein Wort die Pistole aus der Hand nehmen. Der sprang aber auf und haute David einfach um. Im Fall knallte er mit voller Wucht gegen die Tischkante. Als ich sah, dass David blutete, ging ich sofort zu ihm. Da richtete Lukas den Lauf der Pistole auf mich. David krallte sich an seinem Bein fest und schrie irgendetwas. Und noch ehe Lukas überhaupt reagieren konnte, sprang Danny auf, den in diesem Augenblick wohl keiner auf der Rechnung hatte. Ich sah noch, dass er eine leere Flasche in der Hand hielt, aber es war schon zu spät.
Er holte kurz aus und schlug David die Flasche auf den Kopf. David sackte zusammen, als sei er tot. Alle starrten ihn an. Schließlich war ich die Erste, die sich wieder rührte. Als ich mich über David beugte, machte er die Augen auf und sah mich an.

Ich falle und falle, und als ich endlich unten ankomme, gibt es keinen harten Aufprall, sondern eine weiche Landung. Ich öffne die Augen und Saras Gesicht schwebt über meinem.
Es dauert eine Weile, bis ich die Situation erfasse. Ich liege auf dem Boden und mein Kopf auf Saras Beinen. Sie lächelt, freut sich über irgendwas und ich versuche zurückzulächeln. Mein Schädel brummt und die langsam einsetzenden Erinnerungen sind düster.
»Wir müssen einen Arzt rufen«, höre ich Saras Stimme wie durch einen Nebelschleier. »Sofort!«
»Quatsch!« Das ist Lukas, dessen Gesicht jetzt auch in meinem Blickfeld auftaucht. »Natürlich wird jetzt kein Arzt geholt. Er ist doch auch schon wieder okay. So'n bisschen blöd guckt er ja immer.«

21

Nach und nach kehre ich zurück ins Leben. Aber es dauert noch eine Weile, bis mir klar wird, dass Danny mir eine leere Bierflasche über den Kopf gezogen hat. Von jetzt an steht er offen auf Lukas' Seite und hält uns mit ihm gemeinsam in Schach. Ohne dass er ihn direkt dazu auffordert, passt das Lukas ganz gut in den Kram.

Besorgt untersucht Sara die Wunde an meinem Hinterkopf, die noch vom Sturz auf die Tischkante kommt. Mit einem Taschentuch tupft sie die Blutreste fort.

»Besorg mir wenigstens Verbandszeug«, fordert sie Lukas auf. Und der schickt tatsächlich Danny ins Bad.

»Lass uns da rüber in die Ecke gehen.« Sara öffnet die Plastikhülle des Verbands und zieht ihn heraus. »Da ist besseres Licht.«

Lukas hat keine Einwände und für ein paar Augenblicke sind wir unbeobachtet.

»Wir müssen unbedingt was unternehmen«, flüstert sie mir zu. »Du musst auf jeden Fall zum Arzt. Und auch sonst kann das hier nur in einer Katastrophe enden. Der spinnt doch total. Der ist völlig durchgeknallt. Wir müssen ihn bremsen.«

»Aber wie denn?«, frage ich leise. »Ich hab's ja versucht. Nur …«

»Wir *müssen*«, beharrt sie nachdrücklich. »Sonst gibt es hier am Ende noch Tote. Auf jeden Fall sollten wir beide uns gegenseitig im Auge behalten. Damit wir uns immer verständigen können. Zu zweit schaffen wir es vielleicht, ihn zu überwältigen, wenn der richtige Moment da ist.«

»Gut«, flüstere ich. Dann laut: »Wo hast du das denn gelernt? Du machst das ja richtig professionell.«

»Ich hab im Erste-Hilfe-Kurs aufgepasst«, sagt Sara und wir gehen zurück zu den anderen.
Notgedrungen verkürzt Lukas sein letztes Spiel mit uns.
»Ich frage jetzt einfach jeden«, sagt er, »und ihr gebt mir die Antwort mündlich. Die Zeit läuft uns davon.« Die Enttäuschung über diese Abweichung von seinem Plan ist ihm anzumerken. »Ist meine Geschichte nun wahr oder nicht? – Danny, was meinst du?«
»Klar ist sie das«, grinst der, er scheint fast ein bisschen stolz auf Lukas zu sein. »Klare Ansage.«
»Sara?«
»Ich hoffe nicht«, antwortet sie widerwillig. »Und zwar hoffe ich das vor allem für dich.«
»Wie rührend! – Malte?«
»Ich weiß nicht. Ich …«
»Gut, weiter. – Kevin?
»Ich glaub das nicht, sonst …«
»Und du, David?«
»Ich gehe jede Wette ein, dass jedes Wort wahr ist.«
Erst als ich es sage, wird mir klar, dass ich wirklich so denke. Auch mein Erschrecken darüber ändert daran nichts: Ich *glaube* ihm, dass er seine eigene Schwester getötet hat. Und ich glaube es aus einem einzigen Grund: Diese Geschichte geht zu weit, als dass er sie sich ausdenken würde.
»Gut«, sagt er, ohne einen Moment zu überlegen. »Dann sind das fünf Punkte für dich, David. Drei für Sara, die es nicht hofft. Zwei für Malte, der es nicht weiß, einer für Kevin, der es nicht glaubt, und ebenfalls fünf für Danny, der genauso richtig liegt wie David. Damit haben wir auch schon unser Ergebnis vor der allerletzten und entscheidenden Runde. David führt mit vierzehn Punkten inzwischen deutlich vor seiner Freundin, die jetzt zehn Punkte hat. Knapp gefolgt von

Danny, der sehr schön aufgeholt hat, mit neun und Kevin sowie Malte mit jeweils acht Punkten.«
Wieder muss er keinen Augenblick über den Punktestand nachdenken.
»Und um noch etwas mehr Pfeffer in die Geschichte zu bringen«, fügt er schließlich hinzu, »werde ich in der vierten und letzten Runde auf 7 erreichbare Punkte erhöhen. Dann kann, zumindest theoretisch, jeder noch von jedem eingeholt werden. Was haltet ihr davon?«
Niemand antwortet ihm und er fährt fort: »Die Frage kennt ihr ja schon: Was wird mit unserem guten Herrn Schröder hier am Ende dieses Abends geschehen? Aber dafür müsst ihr natürlich erst noch wissen, was genau ich ihm eigentlich vorwerfe. Stimmt's, Malte?«
Malte nickt, ohne eine Wort über die Lippen zu kriegen. In seinem Gesicht sieht man am deutlichsten die Angst, die uns inzwischen alle lähmt. Keiner weiß, was Lukas wirklich im Schilde führt. Manchmal glaub ich sogar, dass nicht mal er selbst es weiß.
Immer wieder zischen mir wie Blitze Bilder und Berichte in den Kopf über irgendwelche Typen, die plötzlich wie aus heiterem Himmel völlig durchgeknallt sind. Zeitungen und Fernsehen sind ja voll davon. Amokläufer, die willkürlich andere Menschen töten, weil irgendetwas sich in ihnen aufgestaut hat und plötzlich explodiert.
»Also dann«, sagt Lukas schließlich mit lang gezogenem Ausatmen, »ich will euch nicht länger auf die Folter spannen.«
Er sucht noch einmal nach den richtigen Worten, steht auf, geht ein paar Schritte auf und ab.
»Es ist mir wichtig«, sagt er schließlich, »dass ihr eins wisst. Vor allem du, Sara: Ich bin nicht das Arschloch, für das ihr mich jetzt haltet. – Damals, als ich vor meiner kleinen, toten

Schwester stand, war es nicht meine Mutter, die mir von hinten die Hand auf die Schulter legte, sondern …«, plötzlich rast er auf Schröder zu, reißt ihn hoch und hält ihm die Pistole an die Schläfe, »sondern der hier!«

Ganz kurz scheint es, als würde er gleich anfangen zu heulen oder aber einfach abdrücken. Vielleicht aus Wut oder Verzweiflung. Auf Schröders Stirn bilden sich Schweißperlen, so groß wie Stecknadelköpfe, seine Augen sind weit aufgerissen. Mir scheint, als könne schon die kleinste Bewegung im Raum zur Katastrophe führen. Immer wieder schaue ich rüber zu Sara, aber auch sie rührt sich nicht.

»Muss man das jetzt verstehen?« Dass ausgerechnet Kevin das Schweigen bricht, wundert mich. »Ich meine, die Hand auf deine Schulter zu legen ist ja wohl kein Verbrechen oder so.«

Lukas starrt ihn an, als würde ihm das tatsächlich auch erst jetzt bewusst. Doch dann blickt er starr durch Kevin hindurch.

»Am besten lassen wir Schröder selbst erzählen«, schlägt er schließlich vor. »Aber meine Frage müsst ihr natürlich vorher noch beantworten. Sonst ist es zu einfach. Also, auf zur entscheidenden Runde. Schnelle Frage, schnelle Antwort. Was werde ich gleich mit diesem Menschen machen?«

Sein Blick bleibt an Malte hängen, der inzwischen weiß ist wie mit Mehl gepudert.

»Leg los! Spontane Antwort. Nicht lange überlegen. Wie aus der Pistole geschossen.« Er grinst und blickt kurz auf seine Waffe.

Malte sagt zunächst nichts.

»Los jetzt, Mann!«, drängt Lukas, »sonst ist der Nächste dran.«

»Das ist mir doch egal.« Plötzlich fängt Malte an zu heulen.

»Lass mich gehen, bitte. Ich kann nicht mehr, ich muss gleich kotzen. Ich sag auch niemand, was hier läuft. Ehrlich.«
»Keine Chance!« Lukas bleibt unerbittlich. »Aber ich weise euch noch mal ausdrücklich daraufhin, wie wichtig für jeden von euch die Punkte sind, die er bekommt. Wahrscheinlich lebenswichtig.«
Kurz lässt er seine Worte wirken, wendet sich dann wieder an Malte.
»Nun fang schon an.« Es klingt fast mild. »Es ist nur zu deinem Besten, glaub mir. Also los. Sag irgendwas. Es geht um sieben Punkte.«
Malte springt auf, presst die Hand auf seinen Mund, rennt zur Tür. Lukas ist so verblüfft, dass er nicht reagiert.
»Du willst ihn töten«, ruft Malte im Weiterrennen.
Dann ist er über den Flur in der Toilette verschwunden. Die Tür knallt ins Schloss.
»Pass auf«, sagt Lukas zu Danny, »dass er keine Dummheiten macht.«
»Aber der kotzt!«, empört sich Danny.
»Nun mach schon!« Lukas ist viel gereizter, als er zugeben will. So locker er auch tut, er steht mächtig unter Druck. »Du sollst ihm ja nicht den Mund abputzen, sondern drauf achten, dass er auf keinen Fall abhaut, klar?«
Ohne weitere Widerworte geht Danny Malte hinterher und postiert sich vor der Toilettentür.
»Weiter geht's!«, meint Lukas. »Kevin, was glaubst du?«
»Keine Ahnung«, sagt der. »Ich weiß nur eins: Du bist komplett durchgeknallt. Ich trau dir alles zu, du tickst nicht mehr richtig.«
»Sara?« Lukas verliert keine Zeit.
»Ich hoffe nur, du drehst nicht völlig durch«, erklärt Sara.
»Das heißt?«, fragt Lukas nervös.

»Ich hoffe für uns alle, du kriegst die Kurve, sonst ...« Ihre Blicke durchbohren ihn wie Speere, »... sonst tötest du ihn am Ende noch. Lukas, du musst ...«

»Schnauze!«, schreit er sie an. »Ich muss überhaupt nichts. Wann kapierst du das endlich? – Weiter jetzt: David?«

»Ich steig aus«, sage ich knapp.

»Was soll das denn heißen?« Lukas starrt mich an, als wolle er am liebsten auf mich abfeuern.

»Ich mach das hier nicht mehr mit, ganz einfach.«

»Na schön«, sagt Lukas beleidigt. »Wer nicht will, der hat schon. Beschwer dich aber nicht bei mir, wenn dir die Punkte am Ende fehlen.«

»Nun sag schon was«, fordert Sara mich auf. »Ist vielleicht besser.«

»Also gut: Klar ist, dass du dich an ihm rächen willst.«

»Schlaues Kerlchen. Aber das ist nun wirklich nicht schwer, oder?«

»Und genauso klar ist«, sage ich ganz langsam, »dass ich das nicht zulassen werde.«

»Oh«, gibt er zynisch zurück. »Ein Held? Das sind ja ganz neue Züge an dir. Na bravo. Am Ende kommst du noch groß raus.«

Danny kommt mit dem leichenblassen und inzwischen grünlich gefärbten Malte ins Zimmer zurück. Die eine Hand hat er um seinen Arm gedrückt, in der anderen hält er eine neue Flasche Bier.

»Ah, gerade rechtzeitig!«, freut sich Lukas überschwänglich. »Du bist dran, Danny. Deine Antwort.«

»Was du mit ihm machst?« Danny fühlt sich allmählich richtig locker. »Na, ich denke mal, wir ärgern ihn ein bisschen.« Er lässt sich aufs Sofa plumpsen und hält die Flasche an den Hals. Nach einem Schluck ist sie halb leer, Danny rülpst lang und laut. Er wischt sich den Mund ab und lächelt Lukas aus seinen glasigen Augen an, nebenbei sieht man seine schiefen und schlechten Zähne.

»Gut«, sagt Lukas schließlich, »dann ist hiermit auch die letzte Runde beendet. Gleich haben wir unser Endergebnis. Und dann ... dann wird es spannend.«

Er steht auf, legt eine neue CD ein.

»Danny«, sagt er nebenbei. »Du kannst Schröder ruhig schon mal das Pflaster abreißen und den Knebel aus dem Mund nehmen. Er muss uns ja noch was erzählen. Aber vorher ...«, er stellt die CD von den Doors an, »... gebe ich euch natürlich eure Ergebnisse. Also: Danny kriegt vier Punkte. Er liegt gar nicht mal so falsch, aber eben auch nicht wirklich richtig. – Unser guter David hier leider nur drei. War ja gar nicht so schlecht geraten, David. Aber dass ausgerechnet du hier irgendetwas nicht zulassen wirst, ist natürlich völliger Schwachsinn. Deshalb: Punktabzug, womit du leider deine bisherige Spitzenstellung gefährdest. Schade eigentlich.«

Auf der CD plätschert Regen, ein Piano klimpert, Jim Morrison singt dunkel den Song *Riders on the storm*. Seine Stimme greift mit düsteren Armen nach uns.

»Kommen wir also zu unserer guten Sara. Sie kriegt sechs Punkte, trotz ihrer ermahnenden Worte, die sie sich besser geklemmt hätte. – Und weiter geht es zu meinem Sorgenkind Nummer eins: Kevin. Bisher hattest du ja noch den Anschluss, mein Guter. Aber deine jetzige Antwort reißt dich natürlich weiter in den Schlamassel. Ob ich nicht richtig ticke, wie du dich auszudrücken pflegst, nun ja, darüber kann man streiten und dafür gibt's den Punkt. Mehr ist aber leider nicht drin, denn das sagt ja noch fast gar nichts aus über das, was Schröder passieren wird. Sorry, Kevin, ein Punkt, nicht mehr.«

Jim Morrison singt von dem Mörder, der im Regen auf dem Weg zu seinen Opfern einsam auf der Landstraße geht.
»Und nun, *last but not least*: Malte, der sich ja mal so richtig schön entleert hat. Geht's dir denn eigentlich nun besser, mein Lieber? Ich hoffe doch sehr. Was ich dazu beitragen kann, will ich jedenfalls gerne tun: Malte, ich freue mich, dir mitteilen zu können, dass du nach dieser Runde vom letzten auf den zweiten Platz hochgeschnellt bist. Herzlichen Glückwunsch: Höchstpunktzahl, sieben Punkte!«
Der Mörder wird eine Familie töten: Sweet family.

(22)

Inzwischen läuft *The End* von den Doors. Das Ende wird als einziger Freund des Menschen besungen. Lukas hat die Wiederholungs-Taste des CD-Players gedrückt.
Wer geglaubt hat, dass Schröder, von Pflaster und Knebel befreit, sofort lossprudeln würde, hat sich ordentlich getäuscht. Ganz im Gegenteil: Lukas muss ihn fast zwingen, endlich zu sprechen. Seine Stimme klingt brüchig wie die eines alten Mannes.
»Natürlich erinnere ich mich noch gut an diesen Tag.« Sein Blick bleibt auf den Boden gerichtet.
»Das wäre auch noch schöner!«, fährt Lukas dazwischen. »Immerhin war es der Tag, an dem du mein Leben kaputtgemacht hast.«
Schröder sieht ihn mit großen Augen an.
»Aber warum denn?«, fragt er hilflos. »Ich verstehe überhaupt nicht, was du mir vorwirfst, Lukas.«
»So?« Lukas geht zu Schröder und baut sich wie ein Turm vor ihm auf. »Das verstehst du also nicht?« Provokativ spielt er mit der Pistole in seiner Hand herum. »Soll ich es dir vielleicht auch noch erklären?«
»Das müsstest du schon«, sagt Schröder leise. »Ich verstehe es nämlich wirklich nicht.«
»Dann erzähl mal schön der Reihe nach«, schlägt Lukas vor. »Vielleicht kommst du dann von alleine drauf.«
Schröder macht ein verzweifeltes Gesicht, aber Lukas lässt sich nicht beirren:
»Anfangen!«, schreit er. »Und kein Detail auslassen, hörst du?«
Schließlich beginnt Schröder tatsächlich, brav wie ein Schul-

kind zu erzählen: »Es war ein schöner Sommertag. Ich hatte für mich und meine Frau etwas Kaltes zu trinken gemacht. Uns fehlte noch ein bisschen Eis, in unserem Kühlschrank war keins mehr. Also ging ich rüber, um deine Mutter zu fragen, ob sie uns aushelfen könnte. Ich wollte klingeln, aber die Klingel war ausgestellt. Drinnen hörte ich die kleine Cora schreien, es klang verzweifelt. Also klopfte ich an der Haustür, nichts passierte. Als ich die Hand auf die Klinke legte, stellte ich fest, dass die Tür nicht abgeschlossen war. Ich öffnete sie etwas und rief nach deiner Mutter, aber es kam keine Antwort. Bis auf das Schreien deiner Schwester war es vollkommen still im Haus. Fast schien es, als sei sie alleine, was mir merkwürdig erschien. Ich trat in den Flur und rief noch einmal. Jetzt hörte ich aus dem Zimmer leise das Lied einer Spieluhr.

Cora schrie weiter so laut, dass ich dachte, irgendetwas könne nicht stimmen. Ich wollte nachschauen, ob alles in Ordnung war. An dich habe ich ehrlich gesagt in diesem Moment gar nicht gedacht.«

Nervös fuchtelt Lukas mit der Pistole herum, als wolle er Schröder zu größerer Eile antreiben. Wenn sich plötzlich ein Schuss löst, kann der praktisch jeden von uns treffen. Noch einmal wird mir klar, dass wir Lukas möglichst bald überwältigen müssen. Aber ein Blick zu Sara sagt mir, dass mit ihr im Moment nicht zu rechnen ist. Gebannt hängt sie an Schröders Lippen. »Draußen hatte mich die Sonne geblendet. Im Flur war es so dunkel, dass ich kaum etwas sah und gegen eine Kommode lief. Dabei fiel eine Vase herunter und zerschlug in hundert Scherben. Obwohl die Kleine weiterschrie, nahm ich mir die Zeit, den gröbsten Schaden, den ich angerichtet hatte, zu beseitigen, denn es klang jetzt nicht mehr verzweifelt. Das dauerte nicht lange, aber zwischendrin hörte das Schreien plötzlich auf.

Zuerst wollte ich sogar wieder verschwinden, aber dann dachte ich mir, dass es vielleicht doch besser wäre, nach dem Rechten zu sehen. Also ging ich vorsichtig weiter Richtung Kinderzimmer. Auch die Spieluhr schwieg jetzt. Schließlich sah ich dich, Lukas, vor Coras Bett stehen. Offenbar hattest du es geschafft, sie zu beruhigen. Das fand ich großartig. Ich dachte, was für ein toller kleiner Junge du doch bist, dass du das hingekriegt hast. Über deine Schulter hinweg sah ich, dass dein Schwesterchen tatsächlich schlief. Und du standest da und schautest ihr zu. Ich war ganz gerührt von diesem Anblick. Bis dahin hatte ich dich immer als etwas chaotischen Jungen gesehen, der auch mit seiner kleinen Schwester nicht gerade zimperlich …«

»Lügner!«, schreit Lukas ihm dazwischen. »Verdammter, dreckiger Lügner! Was redest du denn da?! Du hast genau gesehen, dass ich ihr das Kissen aufs Gesicht gedrückt habe. Du hast mich dabei beobachtet und es zugelassen.«

Jim Morrison erzählt von der Wildnis des Schmerzes. Alle Kinder, meint er, seien wahnsinnig.

»Warum hätte ich das tun sollen?« Schröder ist fassungslos.

Lukas überhört seine Frage völlig.

»Und hinterher«, schreit er weiter, »hast du nicht mal was unternommen, um sie zu retten!« Die Worte schossen nur so aus ihm heraus, als habe er sie lange zurückgehalten. Er ist voller Wut. Es scheint, als ob er jeden Moment auf Schröder losgehen wird. Er steht kurz vor einer Explosion. Und dabei die schussbereite Pistole in seiner Hand. Lukas schafft es nicht mehr, Schröder weiterreden zu lassen, er ist völlig außer sich.

»Ich hab keine Ahnung, warum du nichts gemacht hast!«, zischt er ihn an. »Vielleicht hast du gedacht, es ist zu spät. Vielleicht hast du einfach gedacht, sie ist schon tot, da kann

man nichts mehr machen. Häh, hast du das gedacht? Hab ich recht?«
Er beugt sich über den Tisch Schröder entgegen und fuchtelt mit der Pistole vor seiner Nase herum. Aus Schröders Gesicht spricht nackte Angst. Ein Anblick, der mich erstarren lässt. Noch nie hab ich jemand in Todesangst gesehen.
»Was redest du denn da?«, fragt Schröder ungläubig. »Wie kommst du denn darauf, so etwas zu behaupten? Ich weiß wirklich nicht …«
»So«, sagt Lukas plötzlich mit gedämpfter Stimme. »Du weißt also schon wieder nicht?«
Er steht auf, schiebt sich zwischen Kevin und Schröder aufs Sofa, drückt den Pistolenlauf von unten gegen Schröders Kiefer, den Zeigefinger am Abzug.
»Aber selbst wenn«, flüstert er jetzt fast, seine Stimme noch immer voll gepresster Wut. »Selbst wenn du das gedacht hast: Wie konntest du mich die ganzen Jahre bis heute mit meiner Schuld durch die Gegend laufen lassen, häh?« Er drückt die Pistole noch fester in Schröders Gesicht. »Wie hast du das fertiggebracht? Du hast mich doch jeden Tag gesehen. Was hast du dir dabei gedacht?«
»Ich …«
»Schnauze, Mann. Jetzt rede ich, verstehst du? Du hattest all die Jahre Gelegenheit, dein verdammtes Maul aufzumachen und hast es nicht genutzt. Jetzt bin ich dran. Heute ist mein Tag. Der Tag der großen Abrechnung. Oder habt ihr das noch nicht kapiert?! Heute rechne ich ab. Mit jedem Einzelnen. Keiner von euch wird diesen Abend jemals vergessen. Das gilt natürlich nur für die Glücklichen, die ihn überleben.«
Er grinst angespannt und hebt die Pistole an Schröders Schläfe.
Jim Morrisons Mörder erwacht vor Sonnenaufgang, zieht

seine Stiefel an und stülpt sich das Gesicht aus einem alten Ölporträt über.

»Nun spuck es schon aus, Schröder«, sagt er mit sanfter Stimme. »Was hast du dir all die Jahre dabei gedacht? Tag für Tag? Und du musst doch jeden Tag daran gedacht haben. So was vergisst man ja nicht. Ich jedenfalls hab es nicht vergessen. Kein einziger Tag meines beschissenen Lebens ist vergangen, ohne dass ich daran gedacht habe. Jeden Morgen, wenn ich aufwache, denke ich dran, und zwar als Allererstes. Und abends vorm Einschlafen ist es das Letzte, was mir noch mal durch den Kopf geht. Kannst du dir vorstellen, wie das ist? – Los, antworte! Ich will es von dir hören. Aus deinem Mund will ich es hören.«

»Ja«, antwortet Schröder tonlos und resigniert. »Ich kann es mir vorstellen.«

Der Mörder, singt Morrison, durchquert das große Zimmer.

»Das glaub ich dir nicht«, sagt Lukas so leise, dass ich es kaum hören kann. Dabei nimmt er die Pistole keine Sekunde von Schröders Kopf. Auch nicht, als er sich wieder uns zuwendet: »Könnt ihr euch das vielleicht auch vorstellen? Könnt ihr euch vorstellen, wie es ist, jeden einzelnen verfluchten Tag daran zu denken, dass man seine kleine Schwester getötet hat? Ihr einfach ein Kissen aufs Gesicht gedrückt hat, bis sie aufgehört hat zu atmen?«

Jimmys Killer kommt ins Zimmer seiner Schwester und …

»Nein«, sagt Sara klar, »das kann ich mir nicht vorstellen. Und ich will es auch gar nicht. Aber du tust so, als ob das jedem passieren könnte. So was macht man doch nicht einfach so. Und ganz sicher ist es kein Zufall, dass ausgerechnet du es getan hast. Irgendwas stimmt bei dir nicht. Und es hat schon damals nicht gestimmt. Du bist total krank, das ist es.«

Lukas hört ihr nicht mal zu. Seine Blicke gehen durch sie hindurch.

»Das ist nicht schön, kann ich euch sagen. Das ist überhaupt nicht schön. Und wisst ihr, was das Komischste daran ist? Danny, hast du vielleicht eine Ahnung, was das Komischste daran sein könnte?«

»Keinen Schimmer«, gibt Danny zu. »Was soll daran komisch sein?«

Lukas tut, als habe Danny ebenfalls nichts gesagt.

»Schröder, sag du mir, was das Komischste daran ist«, fleht er fast. »Du weißt es doch bestimmt. Sonst hätte dir die ganze Sache sicher nicht einen so verteufelten Spaß gemacht, oder?« Er wartet keine Antwort ab. »Das Komischste ist, dass man darauf wartet, bestraft zu werden. Man weiß, dass man etwas sehr Schlimmes getan hat. Und für etwas sehr Schlimmes muss man bestraft werden, das weiß man auch. Man verbüßt seine Strafe und hat danach vielleicht die Chance auf ein neues Leben. Dass man nie vergessen kann, ist klar. Aber vielleicht lernt man, damit zu leben, wenn man die Strafe verbüßt hat? – Ich hab das so nicht gedacht, zugegeben, aber ich hab es gefühlt. Ich wusste, dass es eine Erlösung für mich gab. Aber den Schlüssel dazu hatte ein anderer in der Hand. Und der warst du, Schröder, die ganzen Jahre über. Nur du hättest mich retten können. Aber jetzt ist es zu spät. Verstehst du, zu spät!«

Er lässt die Blicke sinken, und für ein paar Sekunden vergisst er sogar die Pistole in seiner Hand. Mein Adrenalinspiegel schnellt hoch. Das ist die Chance! Ich verstehe nicht, warum Schröder nicht reagiert, der direkt neben ihm sitzt. Für ihn wäre es nur ein Handgriff. Ich sehe, dass auch Sara die Situation erkennt. Aber wir sitzen zu weit weg, ein Angriff wäre für uns viel zu riskant. Es geht um Sekundenbruchteile. Und dann passiert etwas Unvorhersehbares: Ausgerechnet

Malte schnellt aus seiner Ecke hoch und stürzt sich über den völlig verdatterten Kevin hinweg auf Lukas.
Im allerletzten Moment reißt der die Pistole zu ihm herum und drückt sofort ab. Er drückt tatsächlich ab! Wieder das Geräusch wie von einem Peitschenknall. Dann Maltes Schrei. Er ist getroffen. Er fällt zurück in seine Ecke. Sein Gesicht schmerzverzerrt und fassungslos, die linke Hand auf den Oberarm gepresst. Blut ist zu sehen, nicht viel, aber eindeutig Blut.
Und ganz plötzlich, von einem Sekundenbruchteil zum anderen, hat sich die Welt verändert. Die Situation ist gekippt, unwiderruflich. Es gibt kein Zurück mehr. Der Abend wird nicht harmlos enden. Das alles hier ist kein Bluff.
Morrisons Killer ist an der nächsten Tür angelangt, er schaut ins Zimmer …
Die verschwommene Drohung, die über uns allen lag, ist nicht mehr verschwommen. Lukas hat Fakten geschaffen, die nicht mehr rückgängig gemacht werden können.
Ab jetzt *muss* er unser Leben bedrohen, damit seins nicht gefährdet ist. Und in seinem Gesicht sehe ich, dass es genau das ist, was auch er in diesem Moment begreift: Es sitzen ihm nur noch Feinde gegenüber.
Jimmys Mörder erklärt seinen Eltern, dass er sie töten wird. Die Musik explodiert …
Pfeilschnell springt er auf, nimmt mit ein paar Schritten rückwärts Abstand und richtet mit weit ausgestrecktem Arm die Pistole auf uns alle.
»Ganz ruhig bleiben«, sagt er. »Ganz ruhig. Das war nur ein Warnschuss. Er ist am Arm verletzt. Sara, geh zu ihm, schau es dir an. Du hast doch diesen Schwesternkurs gemacht. Da wird er schon nicht gleich krepieren. Schwule sind zäh, hab ich mal irgendwo gehört.«

(23)

»Warum lässt du Schröder nicht zu Ende erzählen?«, frage ich, nachdem wieder ein wenig Ruhe eingekehrt ist.
»Sieh an«, meint Lukas ironisch. »Unser Kämpfer für Freiheit und Gerechtigkeit. Der Anwalt der Unterdrückten. – Aber gut. Erzählen Sie weiter, Herr Schröder. Ich werde Sie auch bestimmt nicht mehr unterbrechen.«
Schröder hockt zusammengesunken da. Sein Gesicht hat sich grün verfärbt, er scheint mehr tot als lebendig. Dass Lukas zwischenzeitlich wieder zum höflichen Sie übergegangen ist, dürfte er kaum noch registrieren. Er reagiert erst, als Lukas ihn plötzlich anschreit: »Fang an!«
»Aber du glaubst mir ja sowieso nicht«, sagt er tonlos.
»Ist doch egal«, meint Lukas wieder ruhig. »Jeder hat das Recht auf seine Aussage. Frag unsern Anwalt hier.« Er zeigt auf mich und grinst. »Also, schieß los. Sonst tu ich es.« Er lacht laut über das, was er für einen Witz hält.
»Du standest also am Bett deiner Schwester«, sagt Schröder schließlich, seine Stimme unverändert monoton, »als ich hereinkam. Und sie schlief. Jedenfalls dachte ich, dass sie schlief. Ich war mir vollkommen sicher. Ich konnte ja nicht ahnen, dass … Vorsichtig hab ich deine Hand genommen, und wir sind zusammen aus dem Zimmer geschlichen. Die Tür habe ich angelehnt. Du hast nichts gesagt, kein Wort hast du gesagt.«
Er spult die Sätze wie ein auswendig gelerntes Pflichtprogramm herunter, ohne auch nur einmal aufzuschauen.
»Ich hab dich noch gefragt«, fährt er hoffnungslos fort, »ob alles in Ordnung sei. Du sagtest: Ja, alles in Ordnung. Ich wollte wissen, wo deine Mutter ist. Du hast es mir gesagt, und

ich hab dich gefragt, ob ich mir etwas Eis aus eurem Kühlschrank nehmen könne. Du hast genickt. Ich erinnere mich noch genau daran, dass du nur genickt und nichts gesagt hast. Ich bin ans Eisfach gegangen, hab mich dort bedient und neues Wasser eingefroren. Dann bin ich gegangen, die Eiswürfel in einer kleinen, ausgeliehenen Schüssel. Das war alles. Als ich zwei oder drei Stunden später die Schüssel zurückbringen wollte, stand schon ein Leichenwagen vor der Tür. Dass der Notarzt gekommen war, hatte ich gar nicht mitgekriegt.

Das ist alles. Ich bin keine Sekunde auf die Idee gekommen, dass du etwas mit Coras Tod zu tun haben könntest. Keine einzige Sekunde.«

Die Stille, die nach Schröders Worten eintritt, hängt wie eine Wolke im Raum. Es ist, als könne man sie anfassen.

»Glaubst du mir das?«, fragt Schröder schließlich leise.

»Nein«, sagt Lukas ruhig und steht auf. »Weil es einfach nicht wahr ist.«

»Ich glaube ihm jedes Wort«, schaltet Sara sich ein.

»Also, ich ehrlich gesagt auch«, meint Kevin.

»Ich kann mich nicht erinnern«, schnauzt Lukas, »euch nach eurer Meinung gefragt zu haben. Und auch für Schröder selbst ist nur wichtig, ob *ich* ihm glaube. Was ich nicht tue. So läuft das hier, klar?«

»Ich glaube ihm auch«, sagt Malte, mutiger geworden, nachdem er einmal über seinen Schatten gesprungen ist. Außerdem scheint er keine größeren Schmerzen mehr zu haben, Sara hat seine Verletzung geradezu professionell versorgt.

Alle rechnen damit, dass Lukas jetzt auf ihn losgeht, aber diesmal winkt er nur müde ab. Er hockt sich vor Schröder, starrt ihn an.

»Und ich kann dir auch sagen, warum ich dir nicht glaube. Ganz genau kann ich dir das sagen.«

»Ob du mir glaubst oder nicht«, meint Schröder ausdruckslos, »es ist die Wahrheit.«
»Ich glaube dir nicht«, sagt Lukas, »wegen der Jahre danach. All die Jahre, in denen ich immer wieder gespürt habe, dass dieses Geheimnis zwischen uns existiert. Bei jeder Begegnung mit dir hab ich es gespürt. Manchmal hat dein Schweigen sich dabei angehört wie ein verschwörerisches *Ich sag nichts, keine Angst.* Und manchmal waren es wortlose Drohungen: *Du weißt, dass ich es weiß! Also sieh dich vor.*«
Er steht auf.
»Und ich hab gekuscht. Ich hab immer wieder gekuscht, verdammt, vor dir und deinem Wissen über mich. Du hattest mich in der Hand, all die Jahre.« Er wendet sich an uns: »All die Jahre war ich abhängig von dieser elenden kleinen Ratte. Versteht ihr, was das heißt? – Aber damit ist es jetzt vorbei. Zuerst bestrafe ich ihn und dann mich, um endlich wieder frei zu sein. Frei und erlöst.«
»Könntest du dich mal etwas klarer ausdrücken«, sagt Danny. »Du sprichst in Rätseln, Alter. Was machen wir denn jetzt genau mit ihm? Ich nehme mal an, wir polieren ihm ordentlich die Schnauze, oder? Das wäre doch ein astreiner Denkzettel.« Er grinst so dreckig, wie er kann. Und er kann das gut.
»Nehmen wir mal an, Danny«, sagt Lukas ruhig, »du hättest recht. Also, nur mal rein hypothetisch.« Er benutzt dieses Wort nur, weil er weiß, dass Danny seine Bedeutung nicht kennt. »Was sollte dann die ganze Aktion hier? Warum hättet ihr eure Punkte gekriegt? Wäre doch ziemlich witzlos, oder?«
Danny stutzt kurz und grinst dann: »Vielleicht darf ihm jeder so oft eine reinhauen, wie er Punkte hat? Das wär's doch.«
»Zugegeben eine Vorstellung«, meint Lukas, »die eines gewissen Reizes nicht entbehrt. – Aber ich kann dir sagen, woran die Sache scheitern würde. Oder kommst du selbst drauf?«

»Äh … nö.«
»Die anderen würden nicht mitmachen«, sagt Kevin. »Höchstens wir drei.«
»Mit der Knarre in der Hand kann man jeden zu allem zwingen«, meint Danny stumpf. »Auch jemand anderem eine reinzuhauen.«
»Das stimmt zwar«, sagt Lukas, »wäre aber nicht mein Stil.«
»Also«, fragt er in die Runde, »warum habe ich diese Spielchen mit euch gespielt. Wozu habe ich Punkte verteilt? Hat jemand eine Idee?« Mit langsamen Schritten geht er im Zimmer auf und ab, lässt uns dabei aber keine Sekunde aus den Augen.
»Sara?«, schlägt er vor. »Du bist doch sonst so schlau? – David, Malte. Ihr enttäuscht mich. Von diesen beiden Kollegen hier habe ich ja nichts anderes erwartet, aber … Keiner eine Idee?« Er scheint riesig enttäuscht, stöhnt: »Na schön, ich gebe euch einen Tipp: Die Punktzahl hat eine Reihenfolge festgelegt. Der mit den meisten Punkten ist zuerst dran und der mit den wenigsten zuletzt. Hier noch mal die Reihenfolge rückwärts: Zuletzt kommt Kevin mit 9, dann Danny 13, Malte mit 15, Sara 16 und David mit 17 als Sieger des Abends. Herzlichen Glückwunsch, David. Stolze Leistung.«
Das Ende, erklärt uns Jimmy nun düster und dunkel, beende auch den tollsten Plan. Es gäbe keine Sicherheit, aber auch keine Überraschung, wenn das Ende nahe.
»Und die Sache selbst ist eigentlich ganz einfach«, sagt er, nachdem er eine Weile nur der Musik gelauscht hat. Als er schließlich die Bombe platzen lässt, klingt seine Stimme fast fröhlich: »Einer hier wird sterben, das steht fest.«
Er dreht die CD laut und wieder leise.
»Die Frage ist nur«, fährt er schließlich fort, »wer?«
Nacheinander richtet er die Pistole auf jeden von uns. Er starrt

uns an, als rechne er mit unserer Gegenwehr. Aber der Schuss auf Malte hat seine Wirkung nicht verfehlt. Keiner rührt einen Finger.
»Da wir sieben Personen sind«, sagt Lukas locker, »steht die Chance konkret 1:7. Jeder kommt also in Frage.« Er lacht. »Das nenne ich Chancengleichheit. Oder nicht, Danny?«
»Doch, doch«, antwortet der schnell. »Schon klar, Mann.« Er ist sich nicht mehr sicher, auf welcher Seite er nun steht und trinkt einen Schluck Bier. Allerdings sieht es mehr danach aus, als nuckle er einfach am Flaschenhals.
»Du verblüffst mich immer wieder, Danny«, spottet Lukas. »Wie schnell du alles begreifst. Dabei hab ich dich immer für den größten Vollidioten gehalten, der rumläuft.«
Er lacht laut, und aus lauter Verlegenheit lacht Danny mit.
»Aber zurück zum Ernst des Lebens.« Schlagartig wechselt Lukas die Tonlage. »Ihr müsst ja noch wissen, wie die Sache funktioniert. Wie wir ... den Toten unter uns ermitteln. Die Entscheidung darüber gebe ich in die Hand ...«, er stockt und macht ein nachdenkliches Gesicht, »ja, in wessen Hand eigentlich? Etwa in Gottes Hand? Aber kann es den überhaupt geben? Wohl eher nicht, oder? Sonst wäre da sicher einiges anders gelaufen. Sagen wir also besser: in die Hand des Schicksals. Ich überlasse die Entscheidung dem Schicksal. Wir müssen ihm nur einen würdigen Rahmen bieten, damit es zuschlagen kann. Schon mal was von Russischem Roulette gehört?«

24

Und plötzlich liegt der Trommelrevolver mitten auf dem Tisch, die zweite Waffe seines Vaters. Sie sieht fast aus wie die Pistolen in alten Wildwestfilmen.

»Ein Sechs-Schuss-Revolver«, erklärt Lukas sachlich. »Aber es ist nur eine Patrone drin. Das Spiel kennt ihr ja sicher aus dem Kino. Aber mal ehrlich: Wer hätte gedacht, dass wir es hier bei uns, in unserem harmlosen kleinen Dorf an der Nordsee, noch mal spielen würden? Und das, liebe Leute, habt ihr alles nur einem einzigen Menschen zu verdanken: nämlich mir. Das solltet ihr euch immer vor Augen führen, bevor ihr vorschnell über mich urteilt. Ich biete euch hier ein echtes Ereignis. Oder etwa nicht?«

Er zwinkert mir zu, und in mir flackert die Hoffnung auf, dass alles hier doch nur ein vollkommen überzogener und total misslungener Scherz ist.

»Jetzt«, sagt er dann aber, »wird es ernst. Legen wir also los. Die Reihenfolge ist klar.«

Sein Gesichtsausdruck verändert sich so schnell, als habe er eine Maske übergestreift. Spätestens von nun an gibt es kein Zurück mehr. Lukas nimmt den Revolver wieder an sich, dreht die Trommel, setzt den Lauf an seine Schläfe, die Luft ist zum Zerreißen gespannt. Er drückt ab, und ein leises Klicken ertönt. Mit unbewegter Miene dreht er wieder die Trommel und legt die Waffe vor Kevin auf den Tisch. Gleichzeitig richtet er die andere Pistole auf ihn.

»Um keine Irrtümer aufkommen zu lassen«, betont Lukas, »wer nicht mitspielt, hat schon verloren. Bei der Knarre hier ist jeder Schuss ein Treffer. Wäre also ziemlich dumm, eure 6:1-Chance aufs Spiel zu setzen. Also los, Kevin, *it's your turn.*«

»Und wieso grade ich?« Kevin versucht, so locker wie möglich zu wirken. Aber das Zittern in seiner Stimme kann er kaum verbergen.
»Warum wohl? Du hast verloren. Hättest dich halt ein bisschen mehr anstrengen müssen, als noch Zeit dafür war. Also, was ist? Oder hast du Schiss?«
Entschlossen greift Kevin zum Revolver. Auch seine Hand zittert, als er sich nun den Lauf an die Schläfe hält und ohne weiteres Zögern abdrückt. Wieder das gleiche unbedeutende Klicken, erleichtert atmet er durch. Etwas zu schnell für jemand ohne Angst reicht er die Pistole zurück an Lukas, der erneut die Trommel dreht.
»Danny«, sagt er und hält ihm den Revolver hin.
Der zögert einen Moment, schaut unsicher aus seinen blauen Schweinsäuglein zuerst Lukas an, dann Kevin.
»Ist doch sowieso nur Schwachsinn«, macht er sich schließlich selbst Mut, greift beherzt zu und hält sich den Lauf an den Kopf. Sein Zeigefinger am Abzug zuckt sogar schon leicht, aber nichts tut sich. Kein Schuss, kein Klicken, gar nichts. Dann wird mir klar, dass er gar nicht abgedrückt hat. Er wirft die Pistole auf den Tisch, springt auf.
»Ich hab kein Bock mehr, verdammt«, nuschelt er vor sich hin. »Ich zieh ab, das ist doch der totale Schwachsinn hier.«
Direkt vor der Tür versperrt Lukas ihm den Weg, seine Pistole aus kürzester Entfernung auf Dannys Gesicht gerichtet. Wie erstarrt bleibt der stehen.
»Zurück!«, befiehlt Lukas.
Danny kann sich nicht sofort entscheiden, ob er gehorchen soll oder nicht. Plötzlich erfüllt ein scharfer, stechender Geruch den Raum. Danny hat sich in die Hose gemacht. Ein großer, dunkler Fleck hat sich zwischen seinen Beinen ausgebreitet.

»Entweder du drückst ab oder ich tu es«, sagt Lukas ruhig.
Vorsichtig berührt Sara mich am Arm, ein Blick zur Pistole auf dem Tisch, ich sitze am nächsten dran. Ein, zwei Sekunden vergehen. Die Waffe ist unbeaufsichtigt, Lukas völlig auf Danny konzentriert. Der aber nimmt kurz entschlossen die Pistole vom Tisch und drückt an seinem Kopf ab, noch ehe er wieder sitzt. Nachdem es auch beim ihm nur leise *Klick* macht, lässt er sich voller Erleichterung aufs Sofa fallen. Dass seine Hose nass ist, scheint ihm völlig egal zu sein. Auch Kevins verächtliche Blicke registriert er nicht. Er ist einfach nur happy, die Sache überstanden zu haben.
Lukas setzt sich, froh, dass auch dieser Widerstand gebrochen ist. Ich ärgere mich wahnsinnig über die verpasste Chance.
»Malte«, sagt er, »jetzt du. Du wirst dir ja bestimmt nicht gleich in die Hose machen. Immerhin bist *du* ein richtiger Mann.«
»Ich hab Schmerzen im Arm«, sagt Malte. »Das pocht so komisch. Ich glaub, ich muss zum Arzt.«
Lukas drückt ihm den Revolver in die Hand.
»Es gibt genau zwei Möglichkeiten«, sagt er. »Entweder du brauchst ab sofort nie wieder einen Arzt oder du kannst schon ganz bald zu so vielen Ärzten gehen wie du willst, weil die dir auch nicht mehr helfen können.«
»Lukas …«, hebt überraschend Sara an, »du …«
Weiter kommt sie nicht. Eine Sekunde lang ist Lukas unsicher, ob er sich mehr auf Sara oder auf Malte konzentrieren soll. Und genau das ist der Augenblick: Ich springe hoch und reiße Malte den Revolver aus der Hand. Ohne zu zögern, richte ich die Waffe auf Lukas.
»Schluss jetzt! Lass sofort die Pistole fallen. Sonst drücke ich ab. Ich warne dich!« Innerlich flattere ich wie ein Dutzend

Fledermäuse, versuche aber, mir nach außen hin nichts anmerken zu lassen.
»Netter Versuch«, meint Lukas gelassen und wendet sich mir zu. »Aber da du ein kluges Kerlchen bist, wirst du ihn sofort wieder abbrechen.«
»Warum sollte ich?« Wie bei einem Duell stehen wir uns gegenüber.
»Weil du gut in Mathe bist.« Lukas bohrt seine Augen fest in meine. »Deine Chance fängt an mit 1:6. Und selbst wenn du dieses Glück hättest, müsstest du es immer noch fertig bringen, wirklich auf mich zu schießen. Und zwar, *bevor* ich auf dich schieße. Na, wie groß ist die verbleibende Chance?«
»Groß genug«, sage ich. »Ich hab so ein Gefühl, dass heute mein Glückstag ist. Und ich bin mir auch nicht sicher, ob *du* wirklich abdrückst.«
»Das kannst du getrost sein«, sagt er gelassen. »Im Gegensatz zu dir hab ich nichts zu verlieren. Und dann hab ich noch einen riesigen Vorteil. Oder weißt du ganz genau, ob deine Waffe wirklich geladen ist? Ich weiß es.«
»Dein Nachteil ist, dass du auch noch auf mich schießen müsstest.« Sara ist plötzlich neben mir aufgetaucht. »Und ob du das so schnell schaffst ...«
»Ich bin auch noch da.« Malte steht ebenfalls auf.
Plötzlich scheint die Situation zu kippen. Schritt für Schritt gehen wir zu dritt auf Lukas zu. Der weiß nicht, wie er reagieren soll, die Situation überfordert ihn plötzlich. Gleich wird er die Pistole sinken lassen und wir haben ihn. Ich bin mir fast schon sicher, als Lukas mit einem Ruck Schröder vom Sofa hochreißt. Von hinten legt er einen Arm um dessen Hals und hält die Pistole an seinen Kopf.
»Zurück!«, schreit er. »Sofort! Ich knall ihn ab, ich schwör's!«
Instinktiv weichen wir zurück.

»Hinsetzen! Los!«
Malte folgt seiner Anweisung, ich auch. Nur Sara bleibt stehen.
»Nein«, sagt sie bestimmt. »Ich setz mich nicht hin. Jetzt ist Schluss. Du hörst jetzt auf mit dem Schwachsinn. Sofort!«
Mit Schröder im Schlepptau nähert Lukas sich rückwärts der Tür.
»Wir zwei verschwinden nun«, zischt er. »Mit euch bin ich fertig. Was euch bleibt, ist die Erinnerung, vor allem an das Ende. An das, was noch kommen wird. An das, wogegen ihr nichts unternommen habt. An das, was ihr einfach habt geschehen lassen. Diese Schuld schenk ich euch zum Abschied. Ihr werdet euer Leben lang etwas davon haben. Glaubt mir, damit kenn ich mich bestens aus.«
Während des Redens zieht er sich Schritt für Schritt aus dem Zimmer zurück. Dann schließt er die Tür von außen ab. Wir hören, wie die beiden das Haus verlassen.
»Lass mich mal«, meint Danny, steht auf und rammt seinen Körper gegen die Tür. Vergeblich. Abwechselnd versuchen Kevin und er es weiter.
Sara öffnet die Revolvertrommel.
»Nicht geladen. Er hat geblufft.«
»Und dass er mit Schröder weg ist?«, frage ich. »Auch nur ein Bluff?«
Saras Gesicht verfinstert sich.
»Wir müssen die Polizei rufen«, sagt sie und hat schon das Handy im Anschlag. Dabei dachte ich, sie hätte ihr Handy … Aber es gibt Mädchen, die sollte man nicht unterschätzen.
Danny rammt zum x-ten Mal mit der Schulter gegen die Tür, die endlich ihren Widerstand aufgibt. Instinktiv rennen wir alle nach draußen. Sara behält ihr Telefon in der Hand, hat aber noch nicht angerufen. Weder von Lukas noch von Schrö-

der ist eine Spur zu sehen. Nicht im Haus und auch draußen nicht. Es ist, als hätte es die beiden nie gegeben.
Schröders Haus liegt völlig im Dunkeln. Auch seine Frau ist offenbar noch nicht zurück. Der fast volle Mond steht unverhüllt am Himmel und erhellt die Nacht. Inzwischen weht ein leichter, angenehmer Wind. Wären all die Dinge in den letzten Stunden nicht passiert, wäre es ein schöner Abend, der fast noch sommerlich daherkommt.
Malte lässt sich auf die Bordsteinkante sacken und bleibt dort sitzen. Seine Verletzung plagt ihn enorm und mit einem Mal scheint er am Ende seiner Kräfte.
»Er muss zum Arzt«, sage ich entschieden. »Danny, du gehst mit ihm zu Dr. Müller.«
Bis zur Praxis von Müller ist es keine fünf Minuten zu Fuß.
»Aber …«
»Nichts aber. Solche Verletzungen können echt gefährlich werden, wenn sie nicht rechtzeitig behandelt werden. Es ist wichtig, dass wir uns drauf verlassen können, dass er auch wirklich bei Müller ankommt.«
Ich hab wohl den richtigen Ton getroffen. Ohne weiteren Widerspruch hilft er Malte hoch und die beiden ziehen los.
»Und du?«, fragt Sara. »Was ist mit deinem Kopf?«
»Im Moment ganz okay«, lüge ich. Vor lauter Angst und Aufregung habe ich die Schmerzen verdrängt, aber nun, wo ich wieder drauf achte …
»Ich ruf jetzt die Polizei«, sagt Sara, nachdem sie mich eine Weile skeptisch beäugt hat. »Sie müssen nach den beiden suchen.«
»Warte«, sage ich. »Ich hab eine andere Idee. Wenn sie stimmt, gehen wir besser alleine dorthin.«
»Mir ist egal, was ihr macht«, erklärt Kevin. »Ich verzieh mich jedenfalls. Ich hab echt die Schnauze voll. Und am Ende holt

ihr noch die Bullen. Mit denen hab ich noch weniger am Hut als mit euch verdammten Lackaffen. Ihr habt sie doch nicht mehr alle. Keiner von euch!«

»Willst du nicht wenigstens …«

»Leck mich.« Dann verschwindet er in der nur halbdunklen Nacht. Sara und ich bleiben allein zurück.

(25)

Je näher wir dem alten Leuchtturm kommen, umso sicherer bin ich, dass Lukas nur dort sein kann. Schon immer hat es ihn hierhergezogen, wenn es ernst wurde.

»Verstehst du eigentlich, was mit ihm los ist?«, fragt Sara, nachdem wir die erste Hälfte des Weges schweigend hinter uns gebracht haben. »Es gibt doch kaum jemand, der ihn so gut kennt wie du.«

»Jedenfalls dachte ich auch immer, dass ich ihn kenne.«

»Und?«

»Ich verstehe das alles überhaupt nicht«, antworte ich. »Aber die Geschichte von Coras Tod hab ich natürlich auch nicht gekannt.«

»Ein ganz schöner Hammer, oder?«

»Ja«, sag ich. »Vieles erscheint dadurch in einem völlig anderen Licht.«

Sara antwortet nicht. Mir ist klar, dass sie meine Worte kaum verstehen kann. Hinten sehen wir schon den alten Leuchtturm, der wie ein Mahnmal in den hellen Nachthimmel ragt.

»Es gibt da so ein paar Dinge«, erkläre ich, »die merkwürdig waren. Mit meinem kleinen Bruder zum Beispiel. Aber die hab ich bisher völlig anders gesehen. Jetzt glaube ich, dass er …« Es fällt mir schwer, es auszusprechen.

»Dass er was?«, hakt Sara nach.

»… dass er wahrscheinlich schon immer Schwierigkeiten hatte, große Schwierigkeiten. Nur dass niemand sie erkannt hat. Oder erkennen wollte.«

»Und das heute, was war das dann?« Sara ist nicht zufrieden mit meiner Erklärung. »So eine Art Ausbruch oder was?«

»Wahrscheinlich«, sage ich ernst. »Vielleicht ist das so ähnlich wie bei einer schwelenden Glut, die lange vor sich hinglimmt, dann plötzlich neuen Sauerstoff kriegt und auf einmal hohe Flammen schlägt.«

Wir sind jetzt beim Leuchtturm angelangt und schauen hoch, aber trotz des Mondlichts ist nichts zu erkennen.

»Lass uns raufgehen«, schlage ich vor. »Von hier unten kann man nicht alles überblicken.«

Da die Tür zum Aufgang nicht verschlossen ist, kann ich mein Taschenmesser stecken lassen. Mein Herz rast wie wild.

»Er ist hier«, flüstere ich. »Komm!«

Lautlos fliegen wir fast die Treppe hoch. Als wir auf der Plattform angekommen sind, überfällt mich ein Gefühl der Enttäuschung: weder Lukas noch Schröder sind zu sehen. Der Wind weht hier oben stärker als unten und es ist kälter geworden. Es scheint, als ob der Herbst plötzlich angekommen und der Sommer unwiderruflich vorbei ist.

Dann sehe ich Lukas, ihn allein. Zusammengekauert sitzt er da, den Rücken gegen die Wand des Leuchtturms gelehnt. Er sieht uns nicht an, aber es ist klar, dass er unser Kommen registriert hat.

»Setzt euch doch«, sagt er unaufgeregt.

»Wo ist Schröder?«, frage ich. »Was hast du mit ihm gemacht? Lukas …« Ein Gefühl wilder Panik überfällt mich.

»Ihr sollt euch setzen«, wiederholt Lukas energischer und grinst. »Ihr habt schon den ganzen Abend lang so schön auf mich gehört.«

»Danke«, sagt Sara und lehnt sich ans Geländer. »Ich steh lieber.«

Ich setze mich neben Lukas.

»Nicht so nah«, befiehlt er, die Pistole griffbereit neben sich.

Ich rücke einen knappen Meter von ihm ab.

»Also«, beharre ich, »wo ist Schröder?«

Lukas ignoriert meine Frage.
»War doch ein gelungener Abend, oder?«, fragt er stattdessen aufgekratzt. »Keine Spur von dieser öden Langeweile …«
»Etwas langweiliger«, sage ich, »ist mir doch lieber.«
Fast klingt es, als seien wir einfach nur wieder die beiden harmlosen Freunde, die wir immer waren. Als sei all das, was in den letzten Stunden zwischen uns getreten ist, gar nicht passiert. Aber es *ist* passiert. Bei diesem Gedanken packt mich plötzlich eine riesige Wut.
»Warum hast du das gemacht, du Vollidiot?«, schreie ich Lukas an. »Du hast alles kaputtgemacht. Alles, alles, alles!«
»Für dich vielleicht«, entgegnet er ruhig. »Für mich ging das gar nicht mehr. Es war schon alles kaputt. Ich bin nur ein guter Schauspieler, das weißt du doch.«
Sara steht uns wortlos gegenüber. Ihre Haare wehen im Wind, der immer weiter zulegt. Und plötzlich ist es, als ob dieser Wind meine Wut packt und mit sich fort trägt. Ich werde ruhig, ganz ruhig, fast schon zu ruhig. Ich fühle mich so leer, als hätte jemand mich von innen ausgeschabt.
»War das dein Ernst?«, frage ich so leise, dass Lukas es gerade noch hören kann. »Das mit Cora?«
»Hat es sich angehört wie ein Witz?«
»Oh Mann, ich fass es nicht.«
Die ganze Tragweite der Geschichte wird mir schockartig klar: Er hat tatsächlich seine kleine Schwester mit einem Kissen erstickt. Ohne dass ich es will, treibt es mir die Tränen in die Augen. Dabei weiß ich nicht mal genau, worüber ich heule. Mehr über das Baby, das da vor über zehn Jahren gestorben ist, oder über den kleinen Jungen, der so was gemacht hat und dann allein weiterleben musste mit dieser Tat? Der Junge, der die ganze Zeit über mein bester Freund war und dessen größtes Geheimnis ich nicht kannte.

Stimmen seine Anschuldigungen gegen Schröder? Ist der all die Jahre sein Mitwisser gewesen und hat geschwiegen? Hat er Lukas so mit seiner schrecklichen Schuld allein gelassen? Oder ist vielmehr Schröders Version die Wahrheit und er hat von der Tat gar nichts gewusst?

Ich bin so verwirrt, dass es mich kaum wundern würde, wenn ich jeden Moment erwachte wie aus einem Albtraum. Aber ich wache nicht auf. Dieser Albtraum hat kein Ende.

»Was hast du mit Schröder gemacht?«, wiederhole ich noch einmal meine Frage. »Hast du ...«

»Was denkst du denn, was ich mit ihm gemacht habe?« Er steht auf und stellt sich zwischen Sara und mich, die Pistole in der Hand, ohne sie auf einen von uns zu richten. »Na? Denkst du, ich hätte ihn unterwegs erschossen? Oder von hier oben nach unten befördert?« Er geht ein paar Schritte auf und ab. »Oder vielleicht beides nacheinander? Möglicherweise hab ich ihn ans Geländer gedrängt und so auf ihn geschossen, dass er runtergefallen ist? Doppelt hält immer noch besser. Was meinst du? Oder du, Sara, was glaubst du, was ich mit ihm gemacht habe?« Nervös schaut er vom einen zum anderen.

»Verteilst du jetzt wieder Punkte für die richtige Antwort?«, fragt Sara nüchtern. »Das Spiel hat dir doch so gut gefallen. Wirklich toll hast du das gemacht!« Sie klatscht ironisch Beifall. »Du Superarschloch!« Sie macht einen kleinen Schritt auf ihn zu. »Und jetzt sag schon, was du mit deinem Nachbarn gemacht hast. Oder ich rufe sofort die Polizei.«

Sie holt ihr Handy aus der Tasche. Reflexartig schlägt Lukas es ihr mit solcher Wucht aus der Hand, dass es über das Geländer nach unten fliegt. Ich stehe auf, will irgendwas machen, aber nichts geht, gar nichts.

»Ob es jetzt auf Schröders Leiche gefallen ist?«, fragt Lukas zynisch und richtet die Pistole auf Sara, die sofort zurückweicht. »Wenn ihr mit eurer Vermutung richtig liegt, ist er irgendwo da unten.«

»Wo ist er?!«, schreie ich ihn an. Wir dürfen jetzt nicht locker lassen, müssen ihn weiter unter Druck setzen. Dass er sich aufs Hinhalten versteht, hat er heute schon zur Genüge bewiesen, dazu dürfen wir ihm keine Gelegenheit mehr bieten. »Jetzt spuck es endlich aus, verdammt! Ich will es wissen! Jetzt sofort!«

»Ich hab ihn laufen lassen«, sagt Lukas, als habe er nie etwas anderes behauptet. »Während wir hier oben frieren, liegt er schon längst in den wärmenden Armen seiner geliebten Frau und heult sich aus. Ich bin gespannt, ob er den Mumm hat, ihr alles zu erzählen.«

Dann plötzlich schaltet er erneut um. Sein Körper spannt sich, den Revolver mit beiden Händen nervös vor sich haltend, visiert er abwechselnd Sara und mich an.

»Aber ihr erinnert euch sicher«, schreit er, »was ich euch versprochen hab fürs große Finale!« Noch ehe wir dazu kommen, gibt er sich selbst die Antwort: »Einen Toten habe ich euch versprochen. Und ich halte meine Versprechen, das wisst ihr hoffentlich.«

»Dann mach es nicht so spannend. Wer soll es sein?«

Lukas ist verdattert über Saras scheinbare Coolness. Er fragt sich, warum sie keine Angst hat, dabei sieht er sie nur nicht. Ich sehe sie ganz deutlich hinter ihrer Maske. Allmählich gewinnt sie an Sicherheit. Sie vergräbt die Hände in ihren Jeanstaschen und geht auf und ab.

»Nun sag schon, wer es sein soll? Willst du mich erschießen? Aber welchen Sinn würde das machen? Welches Motiv könntest du dafür haben? Vielleicht enttäuschte Liebe? Wenn du mich nicht haben kannst, soll mich auch kein anderer haben? Damit wären wir aber auch schon beim möglichen

Motiv in Bezug auf David. Denn er wird mich haben. Das heißt, wenn er mich will …«, sie wirft mir ein flüchtiges Lächeln zu, »… und wenn er das hier überlebt natürlich.«
»Hör auf damit!«, schreit Lukas sie an. »Hör sofort auf!«
Sein Griff um den Pistolenknauf verkrampft sich. Aber Sara lässt sich nicht aus der Ruhe bringen.
»Oder willst du noch mal einen der anderen ins Spiel bringen?«, fragt sie sachlich. »Malte, Danny, Kevin? Mögliche Motive hast du uns ja bei allen schon genannt. Ekel, Angst, Strafe für Brutalität und Dummheit.«
»Ich glaube eher nicht«, schalte ich mich ein, »dass es darauf hinausläuft. Die drei sind aus dem Spiel und sie werden auch nicht wieder reinkommen. Stimmt's, Lukas?«
Er antwortet nicht, wird sichtbar nervöser. Ich stelle mich neben Sara.
»Da würde ich fast noch eher auf Schröder tippen«, sage ich nachdenklich.
»Aber dann hätte er ihn ja nicht laufen lassen«, meint Sara.
»Vielleicht hat er das ja gar nicht«, sage ich. »Vielleicht liegt er gar nicht in den Armen seiner Frau, sondern irgendwo tot im Graben.«
»Das glaub ich nun wieder nicht«, fängt Sara den Ball auf. »Das würde so nicht ins Konzept passen. Für alle hätte es ein Mordmotiv gegeben, wenn auch ein dürftiges, aber sehen wir darüber mal großzügig hinweg. Nun jedenfalls ist ein Kandidat nach dem anderen ausgeschieden. Wie in der Geschichte mit den zehn kleinen Negerlein.«
»Genau!«, sage ich, als ginge mir gerade ein Licht auf. »Und jetzt sind nur noch wir beide übrig. Die letzten beiden. Da waren es nur noch zwei. Tja, da wird wohl einer von uns beiden dran glauben müssen, wohl oder übel.«
Ich hab keine Ahnung, woher ich die Kraft nehme, meine

Stimme ruhig zu halten. Vielleicht ist es ein bisschen von Saras Kraft, die auf mich übergeht.
»Aber ich hab mich verzählt, Sara. Wir sind drei: Eins, zwei, drei.« Nacheinander zeige ich auf sie, auf mich und auf Lukas.
»Natürlich!« Sara tippt sich an die Stirn. »Es sollte ja auch seine Abschiedsparty sein. Da schließt sich ja ein Kreis. Wow, wir sind richtig gut, David.« Sie hakt sich bei mir ein. »Die reinsten Detektive. Wir passen aber auch wirklich in jeder Beziehung …«
»Schluss jetzt!«, zischt Lukas. Er deutet mit der Pistole zur Seite, hinaus Richtung Wasser.
Dann drückt er ab. Eine Warnung, die ihre Wirkung nicht verfehlt. Augenblicklich beenden Sara und ich unser provozierendes Geplänkel.
»Hinsetzen!«, befiehlt Lukas, die Waffe jetzt wieder auf uns gerichtet.
Sara erwidert seine Blicke und macht weiter keine Anstalten, sich zu setzen. Mein Schädel brummt wie ein Bienenschwarm.
»Los«, sage ich. »Ich glaube, es ist besser, wir …«
»Du hast es erfasst, David«, fährt Lukas mir dazwischen. »Es ist besser, wenn ihr macht, was ich euch sage.«
Schweigend setzen wir uns nebeneinander auf den Boden. Lukas baut sich vor uns auf, ein paar Meter entfernt ans Geländer gelehnt, seine Gestalt hebt sich dunkel vom hellen Nachthimmel ab, sein Gesicht wird nur ganz leicht vom Mond beschienen.
»Ihr habt recht«, sagt er. »Nur noch wir drei sind im Spiel, die anderen sind raus. Und wisst ihr auch, warum?«
Wir schweigen, schauen ihn an.
»Weil sie es nicht wert sind«, erklärt er. »Keiner von ihnen.«
»Welche Ehre für uns«, spottet Sara. »Hast du gehört, David, wir sind Auserwählte.«

Lukas lacht, als habe sie einen großartigen Witz gemacht.
»In gewissem Sinne stimmt das sogar«, sagt er. »Auserwählte, ja, das gefällt mir. Die anderen vier sind doch ziemlich kleine Lichter in meinem Leben. Unbedeutende Ärgernisse.«
»Schröder auch?«, frage ich.
»Ich glaub schon«, sagt Lukas. »Irgendwie hat er mich enttäuscht. Er kann die Rolle, die ich ihm zugedacht habe, einfach nicht ausfüllen. Er ist 'ne ganz mickrige Nummer.«
»Das heißt, du glaubst ihm?«
»Ja«, es klingt fast bitter, »ich glaube ihm. Er hat damals nichts gesehen. Er ist genauso unwissend, wie er immer getan hat. Deshalb hab ich ihn auch laufen lassen. Ich verstehe gar nicht, wie ich all die Jahre etwas anderes denken konnte. Ein Fuzzi wie er wäre gar nicht in der Lage, ein so großes Geheimnis zu bewahren. Hätte er wirklich etwas gesehen, wäre er doch sofort zu irgendwem gerannt und hätte losgeheult. Nein, nein, ich hab ihn da völlig überschätzt.«
»Heißt das jetzt«, fragt Sara ungläubig, »er ist in deiner Achtung gesunken, weil er gar nicht getan hat, was du ihm vorwirfst?«
Lukas scheint kurz drüber nachzudenken, dann lächelt er.
»Klingt merkwürdig, oder?«
»Nein«, behaupte ich. »Das klingt nicht merkwürdig. Das klingt verrückt, wirklich verrückt. Und zwar genauso verrückt, wie es ist. Genauso verrückt, wie du bist, Lukas.«
Ungläubig sieht er mich an. »Verrückt?«, fragt er. »Wieso denn verrückt? Das ist doch total leicht zu verstehen. Er ist ein kleiner, unbedeutender Wichser, weiter nichts. Auf keinen Fall ein angemessener Gegner für mich.«
»Na, da hat er ja Glück gehabt«, meint Sara. »Gerade noch mal so.«
»Du brauchst Hilfe, Lukas«, sage ich. »Lass uns den Spuk hier beenden. Noch ist ja nichts wirklich Schlimmes passiert.«

»Er hat seine kleine Schwester getötet«, sagt Sara. »Schon vergessen?«
»Aber das ist lange her«, entgegne ich. »Und es ist nicht mehr zu ändern. Deswegen braucht er ja Hilfe. Um damit klarzukommen.«
Lukas macht ein Gesicht, als habe er keine Ahnung, über was wir eigentlich reden.
»Soweit man mit so was klarkommen kann«, füge ich schließlich hinzu.
»Mir ist das jetzt auch scheißegal!« Sara springt plötzlich auf. »Verdammtes Psycho-Gesülze. Ich will jetzt sofort wissen, was das hier werden soll.«
Verkrampft richtet Lukas die Pistole auf sie. Eine furchtbare Angst überfällt mich.
»Setz dich wieder, Sara«, sage ich. »Bitte!«
»Ich versteh sie ja«, meint Lukas verblüffend ruhig. »Sie will wissen, ob sie diesen Abend überlebt. Stimmt's?«
Er geht auf sie zu, ohne die Pistole runterzunehmen. Mit der anderen Hand streicht er eine Haarsträhne aus ihrem Gesicht, es sieht fast zärtlich aus. Sara ist wie gelähmt.
»Ich finde, das ist ihr gutes Recht. Findest du nicht, David?«
Saras Oberlippe zittert etwas, das kann ich im Mondlicht deutlich sehen. Ich hab keine Ahnung, was ich machen soll, und bleib einfach sitzen wie ein jämmerlicher Feigling.
»Jetzt hör endlich auf mit der Scheiße«, sage ich nur. »Du redest dauernd davon, dass die Leute keine angemessenen Gegner für dich sind. Ist Sara vielleicht einer?«
»Oh, das ist sie auf jeden Fall.« Die Haarsträhne, die er hinter ihr Ohr geklemmt hat, wird vom Wind befreit. Mit der Pistole streicht er sie zurück und hält dann die Waffe an ihre Schläfe. »Du glaubst gar nicht, wie viel Schmerzen sie mir verursacht hat. Da lass dich nur nicht von ihrem hübschen Gesicht täu-

schen, David. Sie ist ein furchtbarer Gegner. Es gab Zeiten, da hab ich keine Nacht geschlafen wegen ihr. Sie war der erste Mensch, den ich wirklich geliebt habe.«

»Hast du's nicht ein paar Nummern kleiner?«, unterbricht Sara ihn. »*Geliebt*, das ist doch totaler Schwachsinn.«

»Ich schwör's dir.« Lukas lässt sich nicht beirren. »Geliebt ist genau das richtige Wort. Und was hast du gemacht? Du hast mal ausprobiert, wie ich küsse. Dann hast du unsere Liebe verleugnet. Denn auch du, das weiß ich ganz genau … Aber lassen wir das.«

Es klingt resigniert und einen Augenblick lang hab ich die Hoffnung, dass er den Spaß an der Sache verliert und uns einfach gehen lässt. Aber der Augenblick verfliegt, ohne Spuren zu hinterlassen.

»Und?«, fragt er. »Hat sie dafür den Tod verdient? Sag selbst, David, hat sie oder hat sie nicht?«

»Du bist verrückt.« Etwas anderes als Wiederholungen fallen mir nicht mehr ein. »Jetzt hör auf mit dem Scheiß!«

»Ich gebe dir die Antwort«, sagt er leise, und plötzlich bin ich sicher, dass er abdrückt. Aber im letzten Moment schubst er Sara von sich weg. Rücklings knallt sie gegen die Wand des Leuchtturms. »Hat sie nicht!«, schreit er und flüstert dann: »*Sie* hat es nicht verdient, dass ich noch mal jemand töte, den ich liebe. Schließlich weiß ich, was das bedeutet. Da hat man sein ganzes Leben was von. Sein ganzes Leben, sag ich euch.«

(26)

»Tja, David, dann sind wohl nur noch wir beide über. Wieder mal. Irgendwie war das ja schon ziemlich oft so mit uns. Nicht wahr?«

Ich sitze zwischen Lukas und Sara, unsere Blicke gehen weit hinaus aufs Meer, das sich hinter dem kleinen Wattstreifen ausbreitet. Die aufgewühlte Wasserfläche glitzert im Mondschein. Der Wind hat wieder etwas nachgelassen, nur hin und wieder trägt er den Geruch von Algen und Schlick und den Geschmack von Salz zu uns herüber. Aber die friedliche Stimmung bleibt trügerisch.

»Ich hab dich immer beneidet«, sagt er. »Du hattest einen kleinen Bruder, du hattest Eltern, die für dich da waren, und du warst immer so verdammt unbeschwert. Ich wollte das alles auch, aber es ging nicht. Und ich hab geglaubt, dass ich wenigstens ein bisschen was davon kriege, wenn ich mich in deiner Nähe aufhalte. Aber auch das hat nicht richtig funktioniert. Dein Bruder blieb immer *dein* Bruder, deine Mutter immer *deine* Mutter. Da war einfach nichts zu machen, auch wenn ich mich noch so sehr bemüht habe.«

Verschiedene Bilder und Szenen unserer Kindheit ziehen blitzschnell wie Filmsequenzen durch meinen Kopf: Der Tag, an dem die Frau auf dem Spielplatz behauptet hat, Lukas hätte Paul absichtlich von der Rutsche fallen lassen; sein triumphierender Blick, als meine Mutter ihn lobte; seine Rettungsaktion für Paul auf dem Dach, die Klingelstreiche an seinem Geburtstag.

Kalte Schauer überlaufen mich beim Gedanken, dass Lukas in Wahrheit nie der Freund für mich war, den ich all die Jahre in ihm gesehen habe. Dass er immer nur etwas von mir haben wollte, dass er einen Teil meines Lebens haben wollte, weil er sein eigenes Leben nicht ertrug.

»Hast du mich eigentlich … gehasst?« Jedes Wort dieser Frage kommt mir so schwer über die Lippen, als würde ich damit einen Teil meiner Vergangenheit auslöschen.

»Ich glaube nicht«, sagt er ruhig, »dass es Hass war …«

»Er hasst sich höchstens selbst«, unterbricht ihn Sara. »Dabei hab ich immer geglaubt, dass er sich selbst lieben würde. Aber es war ganz sicher Hass.«

»Vielleicht ist das wahr«, räumt Lukas ein. »Dich, David, hab ich jedenfalls die ganzen Jahre über höchstens beneidet, sicher nicht gehasst. Aber dann kam der Tag, an dem ich angefangen habe, dich zu hassen. Als ich nämlich gemerkt hab, dass du es auf Sara abgesehen hast. Obwohl du wusstest, dass ich sie liebe …«

»Moment mal«, sage ich. »Vielleicht hast du erzählt, dass du sie toll findest. Was anderes hab ich nie von dir gehört, außerdem …«

»Natürlich hab ich das anders gemeint«, unterbricht er mich gereizt. »Schließlich kennst du mich lange genug, um das zu wissen.«

»So? Tu ich das? Gerade hab ich überhaupt nicht mehr das Gefühl, als ob ich dich kenne. Außerdem«, sage ich zu Sara, »hab ich immer gedacht, dass du ihn auch magst. Ich hab nie geglaubt, dass …«

»Lukas wusste ganz genau«, sagt sie, »dass ich nichts von ihm wollte. Ich hab es ihm mehr als deutlich zu verstehen gegeben. Aber vielleicht spricht er einfach eine andere Sprache.«

»Wie auch immer.« Lukas steht langsam auf, stellt sich mit dem Rücken zum Geländer, richtet die Waffe direkt auf mein Gesicht. Ich denke ganz deutlich: *Gleich ist alles vorbei. Er wird abdrücken.*

Langsam setzt er sich aufs Geländer, so als hätte er Angst, hinunterzufallen. Ich blicke in sein Gesicht, das nichts als Entschlossenheit zeigt. Auf einmal erfüllt mich eine große Ruhe. Und dann wird mir klar, dass ich jetzt nicht sterben werde. Etwas in Lukas' Miene hat sich verändert.
»Ich würde jetzt gerne Musik hören«, sagt er. »Adam Green.
And it don't mean I don't love you/
When I put a gun to your face/It just means I wanna get rough with you. Kennt ihr doch, oder?«
Während des Zitats richtet er die Waffe noch einmal auf Sara. Äußerlich wirkt sie genauso seltsam ruhig, wie ich mich fühle. Aber die Pistole ist noch nicht an ihrem Ziel angelangt. Schließlich richtet Lukas den Lauf auf seinen eigenen Kopf.
»Na?«, fragt er, fast beschwingt. »Was glaubt ihr? Tu ich es oder nicht?«
Stumm starren wir ihn an. Mein Kopf ist völlig leer.
»Warum haben wir nur keine Musik hier? Es gibt echt niemand, der so geil beschwingt vom Tod singt wie Adam Green.

Suicide, Suicide
Das ist ein echt fröhlicher Song.
I wanna die
I wanna choose to die

Mann, das hat was!«
Er lächelt uns an.
»Aber macht euch keine Sorgen«, sagt er. »Ich mach nur Spaß. Es ist alles nur Quatsch.« Er nimmt die Pistole runter. »Kein Mensch erschießt sich, weil er vor über zehn Jahren einem Säugling ein Kissen ein bisschen zu fest aufs Gesicht gedrückt hat. Nicht mal, wenn es die eigene Schwester war.«
Mit diesen Worten wirft er die Pistole in hohem Bogen übers

Geländer. Man hört sie unten auf die Steinplatten schlagen, die dem Leuchtturm im Sand Festigkeit verleihen. Lukas sitzt noch immer auf dem Geländer, Sara und ich stehen auf.

»Ich geh jetzt nach Hause«, sagt Lukas und lächelt wieder.

Ich will ihm die Hand reichen.

»Dann …«, nach diesem einen Wort sage ich nichts mehr, denn ich sehe ein Bild, das sich für immer in mein Bewusstsein prägen wird: Lukas, dem plötzlich das Lächeln im Gesicht gefriert. Der die Hand hebt wie zum Abschiedsgruß. Der sich einfach hintenüber vom Geländer fallen lässt. Wie jemand, der im Schwimmbad auf dem Einmeterbrett sitzt und zum Spaß ins Wasser kippt. Und dann ist er weg. Ich höre seinen Körper nicht unten aufschlagen; eine Windböe verschluckt jedes Geräusch.

(Epilog)

Anfangs hatte ich mir fest vorgenommen, nie wieder Musik von Adam Green, Falco oder den Doors zu hören. Aber das ist natürlich Quatsch. Sie waren die Lieblingsmusiker von Lukas, das stimmt. Und in der Nacht, in der er seinen Tod inszeniert hat, waren sie Teil seiner Inszenierung.

Viele Leute haben versucht, eine Erklärung für seinen Selbstmord zu finden: der Pfarrer, die Lehrer und vor allem seine Eltern.

Weil an jenem Abend auch Leute wie Danny und Kevin dabei gewesen waren, ließ sich nicht verhindern, dass die Sache mit Cora im Dorf die Runde machte wie ein Lauffeuer.

»Hättest du es erzählt?«, fragt Sara mich.

Wir gehen zusammen am Strand spazieren. Lukas' Beerdigung liegt fast drei Wochen zurück. Sara hat jetzt einen Hund, der ein halbes Jahr alt ist und Benny heißt. Er ist ein kleiner schwarzer Mischling. Als Sara ihn vor ein paar Tagen aus dem Tierheim geholt hat, war ich dabei.

»Nein«, sage ich. »Ich glaube nicht, dass ich es erzählt hätte. Was hätte das jetzt noch geändert?«

»Gar nichts«, meint Sara. »Ich hätte es auch nicht gesagt. Das ist alles so lange her und schließlich hat er sich selbst schon dafür bestraft.«

Es ist ein grauer und stürmischer Herbsttag, das Meer neben uns ist aufgewühlt. Wir sind schon eine ganze Weile unterwegs und langsam nähern wir uns dem alten Leuchtturm.

»Glaubst du, dass er es getan hat, um sich zu bestrafen?«

»Ja«, erklärt sie sicher, »das glaube ich.«

»Aber da war doch noch so viel anderes«, sage ich leise.

Benny rennt immer ein paar Meter voraus und kommt dann

zurück, als hätte er Angst, uns zu verlieren. Wenn man ihn ruft, hört er sogar schon auf seinen Namen.

»Mit uns hatte er auch Rechnungen offen. Auch wenn wir nichts von ihnen wussten.«

Glücklicherweise haben meine Kopfverletzungen sich als harmlos erwiesen. Die Wunde wurde vorsichtshalber mit einem kleinen Stich genäht und ich hatte eine leichte Gehirnerschütterung, die ich aber schon nach zwei Tagen wieder vergessen hatte.

»Da waren die anderen«, sage ich, »die er an diesem Abend eingeladen hatte, um seine Rechnungen mit ihnen aufzumachen.«

Maltes Verletzung war glücklicherweise nur ein Streifschuss gewesen. Auch wenn natürlich gerade dieser Teil des Abends auch ganz anders hätte enden können.

»Und da war diese komische Sache mit Schröder«, fahre ich fort.

Eine Weile gehen wir schweigend weiter. Sara hat sich bei mir eingehakt, ich fühl mich ihr so nahe wie lange niemandem mehr.

»Manchmal denke ich sogar«, fahre ich schließlich fort, »dass es sein eigentlicher Plan war, Schröder zu töten. Dass er das nur nicht gemacht hat, weil er ihm glaubte, dass er nichts gewusst hat all die Jahre. Aber das werden wir nicht mehr erfahren.«

»Nein«, sagt Sara, »das werden wir nicht.«

Wir sind beim Leuchtturm angekommen. Benny umrundet ihn gleich mehrmals in einem Affenzahn und bellt dabei, als jage er hinter etwas Imaginärem her. Wir bleiben stehen, ungefähr an der Stelle, an der Lukas gestorben ist, und schauen nach oben. Er ist mit dem Kopf auf die Steine geschlagen und war sofort tot.

»Glaubst du«, fragt Sara, »dass er wirklich dein Freund war?«

»Ja«, antworte ich. »Da bin ich mir inzwischen wieder sicher. Soweit er überhaupt einen Freund haben konnte. Eine Weile hab ich allerdings schon daran gezweifelt, nachdem das alles passiert ist.«

»Aber er?«, hakt sie nach. »War er auch für dich wirklich ein Freund?«

»Ich glaube schon«, sage ich nach einer kurzen Weile des Nachdenkens. »Vielleicht kann ich das aber erst in ein paar Jahren wirklich beurteilen. Jedenfalls wird seinen Platz bei mir nie ein anderer einnehmen können.«

Eine plötzliche Sturmböe drückt uns ein Stück nach vorne.

»Weißt du«, sagt Sara, »was ich glaube?«

Ich schaue sie schweigend an. Ein paar Haarsträhnen lugen vorwitzig unter ihrer Mütze hervor und flattern vor ihrem Gesicht hin und her. Plötzlich sehe ich das Bild von Lukas vor mir, wie er ihr kurz vor seinem Tod das Haar aus dem Gesicht gestrichen hat. Bei allem Bedrohlichen war darin doch auch eine gewisse Zärtlichkeit gewesen.

»Ich glaube«, fährt sie fort, »dass er uns nicht bestrafen wollte. Er wollte nur, dass wir bei ihm sind. Sicher wollte er einiges klären, aber eigentlich wollte er nur nicht allein sein in seinen letzten Stunden. Und am Ende war es ganz sicher kein Zufall, dass nur noch wir beide übrig waren. Es ging ihm darum, dass wir bei ihm waren. Verstehst du, was ich meine?«

Benny schnuppert aufgeregt am Fuß des Leuchtturms, als habe er endlich etwas gefunden, eine Spur vielleicht. Dann gehen wir langsam zurück.

»Ja«, sage ich, »so was Ähnliches hab ich auch schon mal gedacht.«

Saras Worte klingen noch eine Weile in mir nach. Sie tun mir gut, sind wie Salbe auf eine Wunde, die noch lange nicht geheilt ist.

Musikzitate

S. 5-7 »Out of the Dark«. Musik: Thorsten Boerger, Text: Falco/Thorsten Boerger © GG Musikverlag GmbH

S. 12; 185 *»I wanna die, I wanna choose to die«* aus dem Song »I Wanna Die«, Interpret: Adam Green, Album: *Friends of Mine* 2003, Label: Rough Trade, Text: Adam Green

S. 85 »*My mouth is a liar*« aus dem Song »Apples, I'm Home«, Interpret: Adam Green, Album: *Adam Green*, 2002, Label: Rough Trade, Text: Adam Green

S. 86 »*I'm just closer to death than ever*« aus dem Song »Frozen in Time«, Interpret: Adam Green, Album: *Friends of Mine*, 2003, Label: Rough Trade, Text: Adam Green

S. 88 »*Baby come dance with me/On TV at the TV station*« aus dem Song »Dance with Me«, Interpret: Adam Green, Album: *Friends Of Mine*, 2003, Label: Rough Trade, Text: Adam Green

S. 100 »*Suicide ... Suicide .../Bluebirds are so natural .../I wanna buy them for my friends .../ I gave them up that day/I'd never go that way/Unless your daddy nailed me to the cross .../ Your daddy nailed me to the cross*« aus dem Song »Bluebirds«, Interpret: Adam Green, Album: *Friends Of Mine*, 2003, Label: Rough Trade, Text: Adam Green

S. 111 *»Frozen in time forever/Carrying that torch for so long«* aus dem Song »Frozen in Time«, Interpret: Adam Green, Album: *Friends of Mine*, 2003, Label: Rough Trade, Text: Adam Green

S. 127 *»Well times are bad/And all the time you're feeling sad/Well it's hard to walk around/ Feeling like a circus clown«* aus dem Song »Times are Bad«, Interpret: Adam Green, Album: *Adam Green*, 2002, Label: Rough Trade, Text: Adam Green

S. 185 *»And it don't mean I don't love you/When I put a gun to your face/It just means I wanna get rough with you«* aus dem Song »Baby's Gonna Die Tonight«, Interpret: Adam Green, Album: »Adam Green«, 2002, Label: Rough Trade, Text: Adam Green

Bibliografische Information der Deutschen Nationalbibliothek

Die Deutsche Nationalbibliothek verzeichnet diese Publikation in der Deutschen Nationalbibliografie; detaillierte bibliografische Daten sind im Internet über http://dnb.d-nb.de abrufbar.

© 2008 Patmos Verlag GmbH & Co. KG
Sauerländer, Düsseldorf
Alle Rechte vorbehalten.
Umschlaggestaltung: Kerstin Schürmann, formlabor, Hamburg
Umschlagfoto: iStockphoto/Jason Lugo
Printed in Germany
ISBN 978-3-7941-8069-1
www.sauerlaender.de